〈타이완 일주기 1: 타이베이, 타이중, 아리산, 타이난, 가오슝〉

자연이 만든 보물 1

송근원

〈타이완 일주기 1: 타이베이, 타이중, 아리산, 타이난, 가오슝〉

자연이 만든 보물 1

발 행 | 2020년 6월 18일

저 자 | 송근원

펴낸이 | 한건희

펴낸곳 | 주식회사 부크크

출판사등록 | 2014.07.15.(제2014-16호)

주 소 | 서울특별시 금천구 가산디지털1로 119 SK트윈타워 A동 305호

전 화 | 1670-8316

이메일 | info@bookk.co.kr

ISBN | 979-11-372-0954-1

www.bookk.co.kr

ⓒ 송근원 2020

이 책은 2018년 4월 25일부터 5월 16일까지 20일간 타이완을 일주한 여행 기록 중의 일부이다.

이 여행은 일단 타이베이에서 왼쪽 해안을 따라 타이중, 타이난, 가오슝, 헝춘, 컨딩까지 남쪽으로 내려간 다음, 팡랴오에서 타이동으로 가 다시 북상하여 화롄, 자오시, 지룽을 거쳐 타이베이로 돌아오는 코스였는데, 이 책에서는 타이베이에서 시작하여 아리산, 타이중, 타이난, 가오슝 등 대만 서해안을 여행한 것을 기록해 놓은 것이다.

물론 그 다음 여정, 곧, 헝춘, 컨딩, 팡랴오, 타이동, 화롄, 자요시, 지룽의 기록은 2권으로 이어져 있다.

타이완을 일주하는 동안에 기억에 남는 것들은 물론 모두 이 두 권의 책에 기록하였지만, 그 가운데에서도 타이중에서 간 일월담의 아름다운 모습과 아리산의 해돋이, 그리고 가오슝에서 간 불광산 불타기념관과 월세계, 타이동의 소야류, 화롄의 태로각, 지룽의 지우펀과 예류지질공원 그리고 상비암 등이 특히 기억에 남는다.

물론 팡랴오에서 기차를 타고 타이동으로 이동하던 순간도 아직 생생하다.

시간이 많으신 분들은 넉넉히 시간을 잡아 이들을 모두 구경할 수 있을 것이나, 그렇지 못한 분들이 대부분일 것이다.

보통 3박 4일이나 4박 5일 여정의 태만 패키지여행에서는 타이베이의 고궁박물관, 예류지질공원, 지우펀, 그리고 화롄의 태로각 등을 포함하고 있는데, 사실 이들이 타이완 여행의 진수들이다.

어떤 것들은 여기에 이틀 정도를 추가하여 일월담과 아리산 등을 포함하는 것도 있다.

따라서 이런 패키지 여행도 괜찮다고 본다.

무엇보다도 돈과 시간을 아낄 수 있고, 볼거리 중 엑기스만 뽑아 보여주니 잠간 머리를 식히고 휴식을 하면서 즐길 수 있는 것이 이들 패키지 여행이라는 생각 때문이다.

그러나 타이완 사람들의 일상과 이들의 정신세계를 들여다보려면 이러한 패키지여행은 수박 겉핥기에 불과하다.

좀 더 타이완을 알려면, 타이완의 대도시뿐만 아니라 소도시 이곳저곳에 산재해 있는 무수한 묘(廟)와 궁(宮)들, 그리고 여기에서 치성을 드리는 사람들의 살아가는 모습을 보아야 한다.

타이완에는 특히 민간신앙이 발달되어 있다.

타이완 사람들이 모시는 신들도 많은데, 이러한 신들이 옥황상제 등 그냥 상상의 신들만 있는 것이 아니다.

실제로 옛날에 존재했던 인물들, 그것도 공자나 관우나 악비 같이 꼭 지위가 높은 인물들만이 아니라, 지위가 없거나 어딘가에 한이 맺힌 사람들도 모두 신으로 추앙되어 사람들의 원을 풀어주는 역할을 한다.

예컨대, 백정 출신이 현천상제가 된다든지, 과거에 떨어져 한이 맺힌 쿠이싱이 시험을 주관하는 신이 되고, 애기 낳다 죽은 첸징구가 순천성모라는 산모를 보호하는 신이 되고, 바다에 빠져 죽은 마조가 항해를 수호하는 천상성모라는 신이 되어 사람들의 숭앙을 받고 있다.

그만큼 이들 신들에 대한 이야깃거리도 많다. 그리고 누구나 성공하지 못하고 죽어도 이런 훌륭한 신들이 될 수 있다는 희망을 준다.

이런 이야깃거리 이외에도, 신기한 자연 경치 또한 타이완 여행에서 빼놓을 수 없는 것들이다.

앞에서 말한 예류지질공원의 신기한 돌들이 예류에만 있는 것이 아니다. 지룽의 화평도 공원이나, 망유곡, 그리고 펀쟈오공원의 추장암과 상비암에서도 이러한 신기한 돌들을 볼 수 있다.

또한 가오슝에서 본 월세계 역시 신기한 풍경을 보여준다.

그러나 이러한 자연 환경 외에도, 인공적인 건축물로서는 불광산의 불타기념관을 들 수 있겠다. 그 규모와 그것을 이루어낸 신심, 그리고 그 안에 가직하고 있는 보물들은 인간의 힘이 얼마나 위대한 것인지를 보여준다.

이러한 볼거리말고도 타이완은 야시장이 발달되어 있어 먹을거리가 다양하다. 이들 먹을거리들은 대부분 우리들 입맛에 크게 어긋나지 않는다. 굳이 맛집을 찾지 않더라도, 야시장에서 다양한 먹을거리들을 맛보고 영양 보충을 할 수 있을 것이다.

이 이외에도, 타이완 여행에서는 현금이 많이 쓰인다는 것, 이지카드를 쓰면 이지하다는 것, 오토바이가 인도를 가로막아 인도로 통행하기가 쉽지 않다는 것, 기차와 버스가 발달되어 있고, 이것들이 서민들 중심으로 짜여 있다는 것, 손문이나 장개석, 정성공 등의 인물이 국민들의 존중을 받고 있다는 것, 그리고 총소리와 전투기 소리 등이 아직도 남아 있어 중국 본토의 침략에 대비한 훈련이 거의 매일 이루어지고 있으며 타이완 사람들의 안보 의식을 고양하고 있다는 것 등등의 생생한 정보를 이 두 권의 책은 보여준다.

읽는 분들께선 이 두 권의 책을 통해 타이완 여행에 관한 정보를 얻고 그것이 타이완 여행에 조금이나마 도움이 되었으면 좋겠다.

타이완에 갈 시간이나 기회가 없는 분들은 이 두 권의 책을 통해 간접적으로나마 타이완 여행을 즐겨 주시면 고맙겠다.

2019년 2월 쓴 것을 2020년 6월 부크크에서 출간하다

송원

타이베이(2018.4.25.-4.28)

잔

일월담

영화궁

가오슝/불타기념관/월세계
(2018.5.4.-5.6)

사성탑

1. 믿는 자에게 복이 있나니~

2018년 4월 25일(수)

오늘은 대만으로 출발하는 날이다.

피트그라프(FitGraph)에서 값싼 항공권이 나와 한 달 전 그냥 클릭한 것이 오늘 여행의 시작이다.

아침에 짐을 싸는데, 수하물이 0개라는 항공권 규정 때문에 잠시 갈등한다.

세금과 항공사 수수료 포함 부산-타이베이 왕복 항공권이 158,200 원이니 엄청 싼 비행기 표는 비행기 표인데, 전자 항공권 뒤에 이어지는 조건 등을 읽어보니 수하물 0으로 되어 있다.

짐으로 부치는 것이 0개인지, 기내 반입까지 0개인지 아리송하다. 나야 뭐 그냥 이대로 가도 되지만, 주내야 어찌 그러한가?

어찌되었든 최소한으로 짐을 싼다. 수하물 값을 내라면 내야지 뭐!

대만의 화폐 단위는 타이완 달러(TWD)인데, 元으로 표시되기도 한다. 오늘 환율은 1TWD(元)가 36원36전이다. 대충 타이완 달러(元)에 40을 곱하면 된다. 왜냐면 환전 수수료도 있을 테니까.

집에서는 5시쯤 출발하여 김해 공항에서 저녁을 먹기로 했다.

우리가 타고 갈 비행기는 22시 5분 김해공항을 이륙하여. 타이베이까지 는 2시간 30분 걸린다고 한다. 1시간 시차가 있으니 현지 시간으로 23시 30 분 타이베이 공항에 도착할 것이다.

공항에서 이 선생 부부를 만난다.

이 선생 부부와는 지난 겨울 미얀마, 태국, 라오스를 함께 여행한 사이다. 이번에도 우리가 대만 가겠다 하니 함께 가자고 하여 동행하게 된 것이다.

22시 1분인데 비행기는 이륙하였고, 타이베이에는 23시 10분에 착륙한다.

원래 시간보다 일찍 와서 좋다 했는데 다른 비행기가 우리 자리를 차지하고 있는지, 착륙하여 15분을 기다린다.

에이~ 일찍 온 게 소용없다.

23시 25분에야 착륙한 비행기가 움직인다. 23시 30분이 되어서야 내리기 시작한다.

일단 유심 칩부터 산다.

한 달 치 무제한 사용료 1,000元에 40분 통화 서비스가 포함된 칩이다. 참고로 10일 사용하는 유심 칩은 500元이다.

그리곤 아래층으로 내려가 세븐-일레븐에서 이지카드를 두 개 산다. 1,000元을 주니 주내 꺼 내 꺼 각각 400元씩 충전된다.

이지카드(현지 발음으로는 요요카)는 여기 교통카드라 생각하면 된다.

책에는 택시, 전철(MRT: Mass Rapid Transit), (시외)버스, 기차 등을 탈 때, 20%~40% 정도 할인이 되고, 박물관 등을 들어갈 때에도 사용할 수 있다는데, 카드비 보증금 100元 가운데 20元을 제외한 80元은 환불된다고 쓰여 있다.

그러나 카드를 사며 물어보니 환불이 안 된다고 한다.

어느 말이 맞는지 모르겠다.

보증금을 환불받지 못한다고 해도 20%가 할인된다고 볼 때, 500元 (우리 돈으로 약 20,000원)을 충전하면 본전이 되니 크게 신경 쓰지 않

1. 믿는 자에게 복이 있나니~

아도 된다.

이지 카드는 어느 MRT역에서나 편의점 등에서 충전이 가능하다.

여행하면서 차표를 사거나 관광지에 입장할 때, 잔돈을 거슬러 받고 주고 하는 일은 참 거추장스럽다.

우리나라처럼 신용카드를 사용할 수 있다면 좋겠는데, 대만에서는 아직까지 우리 신용카드를 받는 곳이 공항과 호텔 이외에는 거의 없다.

이지카드는 이런 점에서 매우 편리하고 또 유용하다. 다만, 책에 쓰여 있는 것과는 달리 택시에서는 쓸 수가 없다.

벌써 시간은 이미 자정을 넘었다.

공항에서 호텔로 가는 방법은 낮이라면 MRT를 타면 되지만, 지금은 한 밤중이라 MRT를 운행하지 않는다. 그러니 버스를 타는 수밖에 없다.

사전에 호텔에서 운행하는 유료 셔틀버스를 사용할 수 있는가 물어보았지만, 4인용이 1,500元이라 하는데 아무래도 버스가 싸겠지 뭐~.

이제 터미널 2의 140번 정류장에서 1819번 쿠오쾅(國光 국광 Kuo -Kwang)이라는 공항버스를 타고 예약해 놓은 타이베이 호텔 임페리얼로 간다.

물론 버스비는 이지 카드로 결제한다.

얼마가 지불되었는지는 모른다. 할인된다 했으니 할인되었겠지 뭐. 믿는 자에게 복이 있나니~.

타이베이 역에서 내리긴 했는데, 방향을 모르겠다. 분명 타이베이 역 앞이긴 한데…….

결국 묻는 수밖에 없다.

헤매다 타이베이 호텔 임페리얼에 체크 인하니 업그레이드시켜 준다

타이베이

며 패밀리 룸을 준다.

패밀리 룸이지만 침대 하나는 쓸모가 없는디…….

아예 일요일까지 묵게 해달라고 요청했으나 예약이 꽉 찼다고 한다.

내일, 아니 오늘 12시 전에 나가야 한다.

이 호텔에선 식당에 빵과 커피, 주스 등을 비치해놓고 언제든 먹어도 좋다고 한다.

마침 배가 고프니 호텔 식당에 있는 빵을 쨈에 발라 주스와 함께 먹고는 방으로 다시 돌아온다.

벌써 3시이다

에라, 모르겠다. 일단 자자.

그런데 잠이 안 온다.

거의 밤을 새다시피 하고 아침 8시에 일어나 샤워를 한다.

1. 믿는 자에게 복이 있나니~

2. 지가 무슨 모델이라고!

2018년 4월 26일(목)

오전 8시에 일어나 샤워하고는 계속 호텔 찾다 보니 11시가 넘는다.

금 토에는 빈 방이 없다. 하루만 하는 예약은 가능하겠으나 그러면 내일 또 호텔을 찾느라 오전을 다 보낼 것이다.

그냥 평판 좋은 호스텔에 이틀 예약을 해버렸다.

그래도 벌써 시간은 12시 가까이 되어 체크아웃 해야 한다.

이 호텔을 처음부터 한 5일 예약하지 않은 게 잘못이었다.

일단 예약한 스페이스 인으로 찾아가 짐을 맡겨 놓고 길을 나선다.

가다보니 총통부(總統府)가 보인다.

대만 총통부

타이베이

228 평화공원

228 평화공원: 새

총통부는 붉은 색의 벽돌로 된 일본총독부 건물인데, 대만 총통의 거주지이자 집무실이 이곳에 있다.

건물 중앙에는 60미터 높이의 탑이 솟아 있다.

총통부를 지나 얼얼바 평화기념공원(二二八和平公園 228평화공원)으로 간다.

이 공원은 옛날에는 타이베이 신꿍위엔(台北新公園 대북신공원)

2. 지가 무슨 모델이라고!

이라 부른 곳이
다.

왕한국 교수로
부터 연락이 왔다.

왕 교수는 옛
날 미국 유학 때
함께 공부한 친구
다. 이 분 역시 몇
년 전에 대만의 불
광대학에서 은퇴
하였다.

반갑다. 35년
만에 연락이 되었
지만, 잊지 않고
있으니.

내일 만나기
로 약속한다.

228 평화공원
은 그야말로 평화
롭다.

처음 보는 새
가 사진기를 들이
밀어도 날아가지

백로

228 평화공원 내 전각

타이베이

중정기념당 입구: 자유광장

도 않는다.

지가 무슨 모델이라고!

주먹만 한 작은 오리와 백로도 한가롭다.

다람쥐도 보이고 물속에는 자라와 고기 등이 보인다.

평화로움 그 자체다.

저쪽에는 물 위에 전각이 있다.

네 귀퉁이에도 조그만 전각이 있고 그 안에는 정성공 등 네 명의 흉상이 있다.

이제 걸어서 중정지니엔탕(中正記念堂 중정기념당)으로 간다.

중정기념당은 장제스(蔣介石 장개석) 총통을 기념하여 세운 70미터 높이의 건물로서 장 총통의 사진, 물건 등을 전시한 전시관도 있고, 서

2. 지가 무슨 모델이라고!

중정기념당

중정기념당: 장개석 총통 동상

타이베이

중정기념당: 보초 교대식

예나 그림 등을 전시하는 화랑이 있다.

자유공원이라는 문을 지나니 좌우 양쪽에 궁전처럼 생긴 국립음악원과 국립희극원 건물이 있고, 그 사이 너른 광장 저 너머로 푸른색 기와를 한 기념당이 자리 잡고 있다.

기념당으로 들어서자, 6.3m 높이의 25톤짜리 장 총통의 청동상이 총통부 쪽을 바라보며 앉아 있다.

장 총통은 죽어서도 총통부를 내려다보며 감독하고 있는 것인가?

그 앞에는 흰 군복을 입은 병사 두 명이 빳빳이 부동자세로 서 있다.

잠시 후, 장 총통 전시관으로 흰 예복을 입은 군인 셋이 발맞추어 들어온

2. 지가 무슨 모델이라고!

다. 교대식인 모양이다.

계단을 오르니 4층이다.

3층으로 내려가니 화랑인데 서화전을 하고 있다.

증안복(曾安福)이라는 서예가의 작품들을 감상한다.

다시 1층으로 가니 여기 한쪽엔 유화들이 전시되어 있고, 다른 한쪽은 장 총통이 쓰던 물건들, 사진, 글씨, 자동차 등을 전시해 놓았다.

3. 야시장은 군것질하는 곳

2018년 4월 26일(목)

1층에서 나와 중정기념당 역으로 가 전철을 탄다.

두 정거장 가니 서문 역이다.

스페이스인으 로 돌아와 일단 짐을 방에 넣고 다시 서문 역으로 가 전철을 타고 룽산스(龍山寺 용산사)로 간다.

용산사는 완화(萬華 만화)에 있는 260여년 된 타이완에서 가장 오래된 절이다. 불교와 도교가 공존하는 절로서 앞 전(殿)에는 관음보살을 뒷 전(殿)에는 도교의 여러 신들을 모시고 있다.

입장료는 없다. 다행이다.

용산사

이 절의 돌기둥에는 조화롭게 조각된 용 뒤에 역사적 인물들의 춤추는 모습이 새겨 있다.

잘 찾아보시라!

용산사에는 그 이름대로 용이 많기도 하다. 지붕에도 처마에도 기둥에도 모두 용 조각이다. 보이는 건 용뿐이다.

물론 관음보살을 모신 방도 있고, 공부의 신을 모신 방도 있고, 관우를 재신으로 섬기는 방도 있다.

용과 역사적인 인물들

사람들은 모두 이곳에 와 향불을 들고 고개를 조아리며, 공부 잘하게 해달라고, 돈 벌게 해달라고, 복 받게 해달라고 빈다.

관우가 싸움만 잘 하는 줄 알았는데 재물의 신이 된 데는 까닭이 있다.

소금 장사를 하면 돈을 벌긴 버는데 문제는 중간에 도둑놈이 나타나 빼앗아가니 이게 문제다.

그래서 돈 좀 있는 사람은 표국에 돈을 주고 무사들이 호위하게 한다.

그러나 표국에 돈이 들어가니 돈이 없는 소상인에게는 어불성설이다. 그

타이베이

래서 싸움 잘한다고 소문난 관우에게 소금 운반하는 동안 도둑을 막아 달라고 빈다.

관우가 이를 외면할 리 없다. 과연 그 효험이 있어 관우가 저절로 재물의 신이 된 거다.

싸움만 잘 하면 무어든 될 수 있는 거다. ㅎ.

용산사 문 앞으로 나와 오른쪽으로 가면 야시장이 있다. 휘황찬란한 네온사인 아래 맹갑야시(艋舺夜市)라는 간판이 보인다. 아마도 이 야시장을 화시지에(華西街 화서가) 야시장으로 부르는 것 같다.

이 야시장은 온통 먹거리 천지다. 뱀 요리, 자라 요리 전문점과 해물 요리점들도 있다.

야시장으로 들어서자 좌판 앞에 한 십 미터 정도 줄이 늘어서 있다. 먹으

맹갑(艋舺) 야시장(화서지에 야시장)

3. 야시장은 군것질하는 곳

맹갑(艋舺) 야시장: 요게 무엇인고?

려고!

맛집인 모양이다. 사람들이 용케도 알고 줄을 서서 기다린다. 중국인들은 먹는데 목을 맨 사람들인 거 같다.

여기에 우리 주내도 동참한다. 한참을 기다린다.

그 사이에 난 이것저것을 기웃거리다 까만 새 같은 열매의 껍질을 반쯤까서 파는 걸 호기심 있게 보다가 사서 먹어보니 견과류이다.

맛이 군밤 맛이다. 거 참 희한하다.

기다리는 주내에게 가 까만 새 같은 군밤을 준다.

그리곤 그 옆에서 팥을 잔뜩 넣은 10元짜리 풀빵을 두 개 사서 하나씩 노나 먹으며 또 기다린다.

드디어 기다린 보람이 있다.

화서가 야시장

또띠아(밀가루 반죽을 얇게 기름에 부친 것) 같은 데에 달걀을 넣고, 치즈를 넣어 반으로 탁 접은 것을 드디어 35元(약 1,400원)에 획득한다.

그리곤 이를 먹으며 그 옆 가게로 이동한다.

그 다음 구운 닭꼬치에 매콤한 소스를 바른 것에 눈길이 꽂힌다, 먹음직스럽다.

주내가 이를 놓칠 리 없다. 결국 35元 주고 사서 먹는다.

야시장이 무언고 하니, 잡화도 팔지만 주로 군것질하는 곳이라는 걸 이제 깨달았다. 적어도 우리 배고픈 중생에게는.

이것저것 먹다보니 배가 부르다.

족발도 팔고 생선회도 팔고 국수도 판다.

3. 야시장은 군것질하는 곳

대만에선 굳이 저녁을 식당에서 할 필요가 없는 듯하다. 야시장에서 온갖 다양한 것들을 싸게 먹을 수 있으니까.

가다보니 완화 화시지에(萬華 華西街: 만화 화서가) 야시장 간판이 보인다.

이제 묻고 묻고, 걷고 또 걸어 완화 화시지에를 거쳐 시먼딩(西門町 서문정) 번화가로 간다.

이곳은 한국 브랜드도 많이 보이고, 한국 노래도 많이 나오는 곳이다. 그리고 신세계빌딩도 있다.

또한 한국 사람도 많이 다니니 한국으로 착각하는 사람들도 가끔은 있다.

물가는 서울보다 싸다.

여기에는 일본 식민지 시절에 세운 최초의 극장 건물인 시먼홍러우(西門紅樓 서문홍루)가 있는데, 지금은 잡화점과 식당

서문정: 신세계빌딩

타이베이

서문 홍루

으로 쓰이고 있다.

드디어 서문 홍루에 도착한다.

붉은색 벽돌로 지은 건물인데, 역사적 가치는 있는 모양이지만 우리에겐 별 감흥이 없다.

그리고 서문 역에서 지하로 길을 건너 4번 출구로 나와 호텔로 돌아온다.

다리도 아프고 땀도 많이도 흘렸다.

샤워하고 눕는다.

3. 야시장은 군것질하는 곳

4. 반가운 얼굴들

2018년 4월 27일(금)

아침에 일어나 호스텔 위에 있는 자연식 식당에 가서 주유와 샌드위치 등을 먹는다.

그리곤 왕 교수 부부를 만나기로 한 국립대만박물관으로 간다.

약속 시간은 11시이니, 한 시간 이상 시간이 남아 있어 박물관 안으로 들어가 본다.

박물관 안에는 원주민들이 사용하던 칼, 그릇 따위와 대만의 동식물 등을 모형을 만들어 전시하고 있다.

11시가 되어 박물관 앞 벤치에서 왕한국 교수 부부를 만난다.

국립대만박물관

타이베이

왕 교수 부부와 함께

세월이 흘러 나이를 먹었으나 옛 얼굴이 남아 있다. 왕 교수는 나보다 세 살이 더 많으니 일흔 하나이지만, 참 젊어 보인다.

35년 만에 만났으나 금방 알아보고 반가워한다.

너무 너무 반갑다.

우린 한국에서 가져온 홍삼차를 선물로 준다.

왕 교수는 대만의 특산품이라며 차 두 통과 팥 두 봉지를 준다. 팥은 한국에도 많지만 감사히 받는다.

아마도 팥이 대만 특산품이기도 하겠지만, 팥의 붉은 색이 길조를 나타내는 색깔이기에 선물로 선택했을 것이다.

예상치도 않은 선물이다.

초롱 씨, 이 선생, 나, 주내, 왕 교수, 미세스 첸 여섯이서 택시 두

대에 나누어 타고 왕 교수가 예약해 놓은 식당으로 간다.

OO호텔 식당인데 뷔페이다.

왕 교수 덕분에 잘 먹고, 잘 웃고 환담한다.

왕 교수 부인은 영화감독이었는데 역시 은퇴하고, 왕 교수와 함께 반로환동(返老還童) 수련공법(修煉攻法)의 선생[教錬 교련: 우리말로는 교관인 셈]을 하며 지낸다고 한다.

흔히 새벽에 공원엘 나가면 사람들이 모여서 태극권(太極卷) 등의 기공(氣功)을 마치 체조하듯 하는 것을 볼 수 있는데, 그 일종인 모양이다.

왕 교수 장인은 103세인데, 아직도 혼자 돌아다닐 정도로 정정하시다며 사진을 보여준다. 이야기를 들어보니 왕 교수와 그 부인 두 집안이 모두 장수하는 집안이다.

이 두 분은 참 곱게도 늙었다.

왕 교수 부인은 옛날 미국에서 우리 집에 온 것을 기억하고 있다. 이런 저런 이야기로 시간 가는 줄 모르겠다.

만나면 헤어지는 법.

부산에서 만날 것을 약속하고, 헤어지며 사진을 찍는다.

헤어진 후 우리 일행 넷은 전철을 타고 신베이토우(新北投)의 온천마을로 간다.

온천마을에서 온천을 하자는 이 선생 부부의 제안 때문이다.

전철에서 내려 온천 마을로 들어가니 검은 색깔의 단순하고 질박한 옛날 집에 온천탕 간판이 붙어 있다.

물어보니, 하루 묵는데 2,500元(우리 돈 약 10만원)이라든가, 엄청 비싸다.

타이베이

길을 따라 걷는데 오르막길이라서 땀이 많이 나고 힘이 든다. 이 선생은 젊어서인지 잘도 걷는다.

그러나 온천을 하기란 쉽지 않다. 공중온천탕도 눈에 띄지 않고, 여관을 겸한 온천탕은 너무 비싸기도 하고…….

되돌아가 땀에 전 몸을 씻고 싶다.

다리도 아프고 피곤하기도 하고…….

초롱 씨에게 우리 먼저 호텔로 돌아간다고 이야기하고 되돌아선다.

돌아와 샤워를 하니 살 거 같다.

우리가 묵는 호텔은 비록 호스텔이지만 시설은 참으로 훌륭하다. 호스텔로는 값이 그렇게 싸지는 않다.

공동욕실이라지만 샤워실은 칸막이가 되어 있고, 주방도, 세탁기도

스페이스-인: 휴게실

4. 반가운 얼굴들

화과(火鍋)

이용할 수 있고, 무엇보다도 한 가운데에 있는 커다란 휴게실이 마음에
든다.

마치 우주 공간처럼 꾸며 놓은 이 휴게실에는 푹신한 소파와 큼직한
테베비전과 책꽂이에 책들이 놓여 있다.

샤워를 하고 나오니 마침 텔레비전에선 문재인 대통령과 김정은의
회담 중계가 한창이다.

역사적인 사건이다.

좀 잘 되면 좋을 텐데…….

아마 국민 모두의 마음이 그럴 것이다.

마침 이를 시청하던, 사업 때문에 이곳에 자주 묵는다는, 한국 청년
이 저녁 맛있는 데를 가르쳐 준다.

타이베이

이 청년이 가르쳐준 샤브샤브 집으로 간다.

이곳에선 뜨거운 물에 데쳐먹는 샤브샤브를 훠궈(火鍋 화과)라 하는데, 이런 집들이 많다.

조그만 솥에 채소를 넣고 끓인 다음 그 안에 쇠고기, 해산물 등을 넣고 데쳐서 먹는 것이다.

그렇지만 기대했던 것처럼 맛이 있지는 않다.

맛이란 비록 공통적인 "맛있다"라는 것이 있다고 하더라도, 결국 입에 익숙해야 느낄 수 있는 것이다.

아무리 외국에서 음식이 맛있기로서니 전라도 음식만 할까?

아무튼 저녁을 먹고 스페이스-인으로 돌아와 잔다.

4. 반가운 얼굴들

5. 자슥들, 우길 걸 우겨야지~

이틀 동안 잠을 제대로 못 잤으나, 어제는 잘 잤다.

아침 일찍 일어나 샤워를 한 후 짐을 싸고, 내일 어찌할 것인지를 인터넷과 상의한다.

라면을 두 개 사서 끓인다.

일찌감치 서둘러 새 호텔에 짐을 맡겨 놓고 고궁박물관으로 가야하기 때문이다.

체크아웃을 한 후 서문정으로 향한다. 대충 위치는 파악하여 놓았지만, 그래도 유비무환의 정신으로 전화기의 구글 지도를 켠다.

그런데 호텔 표시가 안 나타나는 거다. 퍼니 시믄 호텔인데…….

다시 아고다에서 보내준 바우처의 호텔 주소를 친다.

그리고 서문 역에서 내려 1번 출구로 나간다.

이쪽 출구는 엘리베이터도 에스컬레이터도 없다.

장애인은 어찌하라고?

아직 약자에 대한 배려가 우리만 못한 거 같다.

홍루 남쪽 근처로 가 두리번거리며 호텔을 찾는다.

번지수를 확인해보며 찾아보나 상가들과 띄엄띄엄 상가 중간에 철문만 보일 뿐이다. 간판도 없고!

근처의 가게에 들려 물어본다. 그러니 가게 옆의 철문을 가리킨다. 철문은 굳게 잠겨 있다.

가게 아줌마 말씀은 "3시에 체크 인 한다."고 들었다면서 호텔에 전화를 해보라 한다.

다시 바우처에서 호텔 전화번호를 찾으나, 아~, 읎다!

88,000원이나 하는 호텔이 뭐 이래?

다시 아줌마에게 전화번호를 알면 전화를 해달라고 부탁한다.

잠시 후 매니저가 올 거란다.

마침 허름한 철문에서 투숙객이 나온다.

일단 들어가서 기다리자.

들어가긴 했으나 계단 옆으로 긴 의자만 한 개 있을 뿐, 그 옆에 엘리베이터도 키가 없어 탈 수가 없다.

허긴 올라가 봐야 별수 없을 거다. 아무도 없을 테니……

의자에 앉아 아무리 기다려도 매니저는 오지 않고…….

참 황당하다.

무슨 호텔이 이래? 비싼 호텔치고는 정말 이상하다.

애 둘을 데리고 젊은 부부가 들어온다. 이 부부가 호텔 매니저는 아닐 테고…….

그렇지만 물어본다.

"너 매니저?"

"아니!"

물론 아니란다.

그렇지만 질문의 효과는 있다. 고맙게도 전화를 걸어준다.

"내가 여기 짐을 맡기고 고궁박물원에 빨리 가야 혀. 거기서 친구가 기다리고 있거덩."

전화에 대고 말을 해도 매니저라는 처녀가 잘 못 알아듣는다. 투숙

5. 자슥들, 우길 걸 우겨야지~

고궁박물원

객 부인이 옆에서 보다가 전화를 빼앗아 중국말로 "쏼라 쏼라" 하더니,

"한 십 분 기다리면 매니저가 올 겁니다."

이 선생이 기다릴 텐데…….

결국 매니저 처녀가 와서는 다른 빌딩으로 우릴 끌고 간다.

바우처의 주소하곤 다른다…….

그녀 말로는 다른 빌딩에도 방이 있단다.

그 옆 길 건너 허름한 빌딩의 철문 앞에서 키를 대고는 사층의 방으로 안내한다.

여인숙만도 못한 듯하지만 취소할 수도 없고…….

벌써 10시 반이 넘었다.

방을 배정받고 짐을 놔둔 채 사진기만 들고 서문 역으로 내닫는다.

타이베이

고궁박물원 입구

이 선생은 벌써 꾸꿍뽀우위엔(고궁박물원 故宮博物院)이라며 스린 역에서 내려 버스를 타고 오란다.

먼저 구경하라 하고 전철을 탄다.

이지카드를 충전하느라 또 시간을 잡아먹는다.

결국 12시 가까이 되어 박물원 매표소에 이른다.

고궁박물원은 워낙 유명한 곳이다.

4층으로 된 중국 궁전 모양의 건물 안에는 신석기시대의 출토품부터 북경 자금성에 있던 각 왕조의 보물들이 여기에 있다.

1948년 장개석이 중국 본토에서 쫓겨날 때 약 70만 점 정도를 가져온 것이라는데, 일부 인기 품목을 빼고 3-6개월마다 1만 여점씩 전시되고 있다.

5. 자슥들, 우길 걸 우겨야지~

  3개월마다 1만 여 점씩 교체된다고 볼 때, 18년 동안 계속 보아야 다 볼 수 있는 물량이라니 많기도 많다.

  이 70여 만 점의 물건들이 사실은 가져오다가 대부분 잃어버리고, 1/4정도만 남은 것이라 하니, 제대로 다 가져 왔으면 72년 동안 보아야 다 본다는 계산이 나온다.

  경로우대 표(75元)를 달라니까 내국인만 된다며, 외국인은 350元(우리 돈 약 14,000원) 내란다.

  디게 비싸다!

  이지 카드를 내미니, 이지 카드로는 그냥 들어가며 입구에 있는 기계에 카드를 대면 된다고 알려준다.

  카드를 대고 들어가며 보니 전혀 할인이 안 된다.

고궁박물원: 나무 잔

타이베이

괜히 충전하느라 시간만 허비한 거다.

박물관 입장 시 이지카드로는 20퍼센트 할인이 된다고? 적어도 고궁 박물원에서는 안 된다!

그러니 할인받자고 이지카드를 충전하기 위해 세븐-일레븐을 찾아다 닐 필요는 없다. 그냥 현금으로 내는 편이 낫다.

고궁박물원: 옥배

안으로 들어가 일단 3층으로 간다. 3층에 보물이 많다는 소릴 들었기 때문이다.

뭐 책에서 본 것들이지만, 여하튼 여기에는 보물들이 많긴 하다.

예컨대, 러시아의 유명한 인형 마트로시카(인형 속에서 인형이 나오는 인형)처럼 나무를 깎아 만든 잔들

5. 자슥들, 우길 걸 우겨야지~

을 포개어 모아 놓을 수 있도록 만든 것인데, 이게 몇 개나 되는지 세어보기도 힘들다.

사진으로 찍어 하나씩 세어보니 아마도 36개의 잔인 모양인 듯하다.

그 옛날 기계도 없었을 텐

고궁박물원: 향로

데, 어찌 저리 깎아 포개 놓을 수 있단 말인가!

혹시 저거 가짜 아녀? 요새 만들어서 옛것이라고 사기 치는 건 아닐까? 요런 생각이 들 정도로 정교한 제품인 것이다.

여기에서 우린 저걸 만든 장인의 숨결을 느낀다. 대단허다!

한편, 옥으로 만든 잔이나 그릇 등의 장식으로 깎아낸 조각들도 참으로 정교하고 아름답다.

반면에, 물론 옛날 옛날 것이라 그럴지 모르지만, 우리나라 백제 금동대향로와 닮은 향로도 있는데, 주물 솜씨가 훨씬 못하다.

물론 그 예술적 가치는 백제의 금동대향로에 전혀 미치지 못하지만, 어쩌면 이것이 금동대향로의 원형일지 모른다.

타이베이

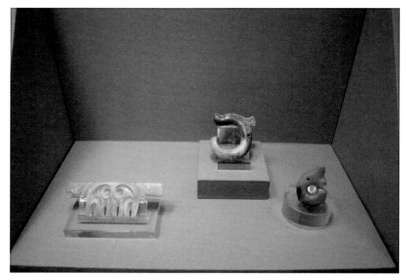

고궁박물원: 홍산문화 시대의 옥저룡

어찌되었든 향로 위에 새가 있음을 볼 때, 새를 토템으로 하던 동이 족의 일파인 봉황족의 유물로 짐작한다.

이 이외에도 세 발 달린 솥, 구리거울, 각종 서화, 도자기, 옥기, 상아로 만든 조각, 황제가 가지고 놀던 장난감 통 등 볼거리가 많다.

이들 물건들 가운데에는 중국인들이 자기 역사로 억지로 집어넣은 우리 선조들의 유물들이 아마도 반 이상일 것이다. 어쩌면 거의 대부분이 우리 선조들의 유물일지도 모른다.

은허의 발굴에서 나온 갑골문(여기에서부터 한자가 나왔다는데, 한자 역시 우리 문자이지 중국문자가 아니다. 대부분의 한자는 우리 옛말을 나타내기 위해 만든 것이기 때문이다.)도 그러하고, 홍산문화 시대인 기원 전 3500-3000년경의 옥저룡(玉猪龍) 따위도 그러하다.

5. 자슥들, 우길 걸 우겨야지~

또한 은나라, 요나라, 금나라, 원나라, 청나라 등을 세운 이들은 중국 본토를 지배하였지만 우리 민족과 혈연적으로 훨씬 가까운 민족이다. 부여나 고구려, 발해는 물론 우리 민족이다.

이들이 중국을 지배하였다고 이들의 역사를 지들 역사라 하는 것은 얼토당토않다. 예컨대, 청나라가 만주에서 일어나 중국 본토를 지배하였다고 중국인들은 만주가 지들 영토라 주장한다.

그렇다면 영국이 인도를 지배하였다고 영국 땅이 인도 땅이 되는가? 영국 역사가 인도의 역사가 되는가?

자슥들, 우길 것을 우겨야지~.

가다보니 이 선생을 만난다. 초롱 씨와는 두 시에 입구에서 만나기로 했다며 혼자 쉬고 있다.

빨리 빨리 건성건성 돌아보니 벌써 두 시다.

그 유명한 쌀알에 글자 새긴 거라도 보자며 눈에 불을 켜고 찾아다녔으나……. 없다. 행방불명이다. 아마 다른 데 보관한 모양이다.

허긴, 석 달마다 소장품들을 바꾸어 전시한다 하니…….

배도 고프고 다리도 아프고, 결국 주내와 나 둘이서 700元(우리 돈으로 약 28,000원)이나 주고 들어갔으나 2시간 만에 이별이다.

돈이 아깝다. ㅎ. 그러나 어쩌랴?

타이베이

6. 관우가 주판을 발명했다고?

2018년 4월 28일(일)

이 선생은 동문의 맛집에 가서 소고기국수를 먹겠다고 한다.

다시 버스를 타고, 스린 역에서 전철을 갈아탄다.

함께 동문 역으로 가려다 누군가가 코끼리조개를 꼭 먹어보라던 말이 생각나 방향을 바꾼다.

코끼리조개('왕미르가이'라고도 하는데, 이는 일본말인 듯하다) 파는 곳을 찾아보니 싱티엔꿍(行天宮 행천궁) 역에서 멀지 않다.

잘 되었다. 행천궁도 볼 겸 조개도 먹을 겸 해서 다시 전철을 갈아

상인수산: 수산물 시장

타고 행천궁 역으로 간다.

행천궁 역에서 버스를 기다리나 버스가 언제 올지 모르겠다.

택시를 타고 상인수산(上引水産)이라는 수산시장으로 간다. 기본요금 70元이 나온다.

수산시장이라고는 하나 질퍽질퍽하고 어수선한 그런 곳은 아니고 깔끔한 곳으로서 해산물 식당들이 있는 곳이다.

우선 특선생어편

코끼리조개

(特選生魚片: Deluxe sashimi: 특선생선회 330元)을 한 접시 시키고 맥주를 한 캔 시킨다.

영어로 deluxe sashimi라 하지만, 이것저것 해서 8쪽인가 10쪽에 불과하다.

요거 가지고 양이 찰까?

타이베이

여기서 먹어봐야 한다는 코끼리조개를 시킨다.

특선회도 비싸지만, 이건 정말 비싸다. 한 마리 잡는데, 1080元(약 40,000원)이다.

맛만 보면 좋겠는데, 반 마리는 안 판다고 하니 한 마리를 시킨다.

얇게 자른 회 한 접시가 나오는데, 정말 양이 얼마 안 된다. 낼름낼름 집어 먹다간 금방 접시가 빈다.

그렇다고 이 비싼 것을 배부르게 먹을 수는 없는 게 아닌가! 요거 한 접시도 과소비인 것 같은데…….

비싸다고 다 맛있는 건 아니다. 조개 맛이야 달짝지근하고 쫄깃거리고 뭐, 비슷하다.

역시 우리 입맛에는 생선회가 맞는다.

다시 도미회 한 접시를 시킨다.

둘이 2,700元(약 11만 원) 어치를 먹고는 그래도 양이 안 차 밖으로 나와 볶음밥과 기름이 잘잘 흐르는 메로(스페인어로 지중해에 주로 사는 농어과 식용어) 구이, 팥죽 등을 또 사서 먹는다.

전부 우리 돈으로 십삼만 원 어치도 더 먹었다.

돈이야 좀 들었지만, 실컷 먹었다.

배를 두드리며 싱티엔꿍(行天宮 행천궁)으로 가는 길에 룽싱화위엔(榮星花園 영성화원)을 지난다.

숲과 잔디가 있어 산책에 좋다는데 별로 볼 건 없고 그저 그렇다. 우리야 뭐, 저녁 잘 먹고 전철역으로 가는 길에 들린 것이지만, 대만 여행 오시는 분들께 군이 가보시라고 권할 만큼 특별한 것은 없다. 그냥 공원이다.

6. 관우가 주판을 발명했다고?

행천궁

공원을 지나 싱티엔꿍(行天宮 행천궁)으로 간다.

행천궁은 삼국지에 나오는 관우를 관성제군(關聖帝君)이라고 하여 주신으로 모시고 있는 사당인데, 송나라 때 한족(漢族)의 영웅인 악비와 그 밖에 여러 신선과 신들도 함께 모시고 있다.

이 사당에선 관우가 '장사의 신'으로 모셔지고 있다.

여기서 장사란 힘이 센 장사가 아니라 물건을 사고 파는 장사이다. 관우가 무인이니까 힘이 센 장사라는 생각은 버려야 한다.

관우가 주판을 발명했기 때문이라는데, 정말 관우가 주판을 발명했나?

관우는 여하튼 청룡언월도를 잘 휘두르는 훌륭한 무인이며, 시도 잘 짓는 문인이기도 하다는 것은 진즉 알고 있었지만, 주판을 발명한 장사

타이베이

의 신인 것은 정말 여기 와서야 알았다.

지금 시대에 태어났다면 만능 탤런트인 셈이다.

행천궁은 다른 사당들과는 달리 종이돈도 태우지 않고, 일종의 헌금함인 공덕함도 없고, 짐승으로 제사를 올리지도 않고, 금패도 받지도 않고, 장사꾼들도 없는 경건한 곳이다.

그래서 부담이 없고 마음에 드는 훌륭한 사당이다.

사당 앞에는 기도하는 사람들을 위한 빈터가 있고, 이 빈터를 사이에 두고 의자와 책상이 나열되어 있고, 여기에서 사람들은 독서를 한다.

사당 앞 빈터에서는 사람들이 척효(擲筊: 우리말로는 '척효'인데 행천궁 번역 시스템에선 '척교'로 쓰여 있다. 아마도 척효를 발음대로 번역하다 보니 척

행천궁: 관우 앞에서 기도하는 사람들

6. 관우가 주판을 발명했다고?

행천궁 독서실

교로 쓴 거 같다)를 손에 들고 기도를 한다.

'효(筊)'란 초승달 모양의 나무 두 조각인데, 점을 치는 물건이다. 곧, 이를 두 손바닥에 공손히 가지고는 관우 앞에 서서 자신의 이름, 생년월일, 주소를 아뢴 다음, 척효하는 사연을 말씀드린다.

여기서 척효하는 사연이란 자신이 묻고 싶은 것을 말한다.

척효란 효를 떨어트리는 것을 가리키는데, 사람들은 떨어트린 효를 보고 점을 친다.

만약 볼록한 면이 두 개 다 위로 나왔을 때를 음효(陰筊)라 하는데, '안 된다', '나쁘다'를 의미하고, 오목 면이 두 개 나올 때에는 소효(笑筊)라 하는데, '질문이 모호하여 답을 줄 수 없다'는 의미라 한다.

만약 하나는 볼록, 하나는 오목이 나왔을 때에는 성효(聖筊)라 하며,

타이베이

'좋다', '맞다'라는 뜻이라 한다.

이때 관우 신(神)에게 하는 질문은 한 가지만 물어야 한다.

왜냐면 두 가지 이상을 물으면, 관우도 헷갈리기 때문이다. 하나는 되고 하나는 안 되고 그러면 아무리 똑똑한 관우라 하더라도 대답을 못 하니까, 반드시 한 가지만 물어보시라!

다시 전철을 타고 충리에츠(충렬사 忠烈祠)로 간다.

충렬사는 중국의 자금성 안의 태화전을 모방하여 지은 큰 건물인데, 여기에는 신해혁명과 대일항쟁에서 산화한 33만 영령이 안치되어 있는 곳이다. 우리나라의 현충사 같은 곳이다.

이런데 오면 느끼는 게, "왜 이들이 이렇게 희생되어야 하는가?"이다.

이들이 모두 원해서 죽은 건 아닐 것이다. 대부분이 소위 정치 지도자라는 것들의 부추김에 의해 동원된 사람들일 것이다.

전쟁은 일부 지도자들이 일으키고 희생은 민중이 당한다.

이것이 역사의 진면목이다.

그리고는 이들의 혼령을 위로한답시고 이렇게 사당을 세워놓고서는 그 후손들에게 이들을 본받게 만드는 것이다.

그러니 이왕이면 지도자가 되어라!

지도자가 되면 안 죽는 게 보통이지만, 설령 죽더라도 대우가 다르다.

불쌍한 건 민중일 뿐!

여기에선 1시간마다 위병교대식이 열리는데, 이를 보기 위해 사람들이 모여든다.

6. 관우가 주판을 발명했다고?

7. 미래는 희망이다.

2018년 4월 29일(일)

아침에 일어나 어제 사다 놓은 팥죽을 먹는다. 그리곤 서둘러 나와 타이중으로 가는 11시 표를 끊으러 타이베이 본 역으로 간다.

일찌감치 타이베이를 탈출하기 위한 것이다.

오늘이 일요일이라서 혹 표가 없으면 어쩌나 했는데 기우였다.

이 선생이 끊은 대로 11시 기차표를 사긴 했는데 앞으로 두 시간을 기다려야 한다.

이지카드를 내니 신용카드를 내란다. 이지카드는 안 받는다. 할인이 된다더니 거짓말이다.

정말 할인이 되능겨?

OO씨가 쓴 여행기에서는 기차도 할인이 된다던데, 아예 받질 않는다.

나중에 알았지만, 아예 받지 않는 건 급행열차일 때이다. 완행은 표를 살 필요가 없다. 그냥 개찰구에서 이지카드를 대고 들어가고 나올 때에도 이지카드를 대고 나오면 된다. 표를 끊지 않아

타이베이-타이중 급행 기차표

관운장?

도 되니 이 얼마나 편리한가! 또한 실제로 할인도 된다.

한편 외국인에겐 경로 우대가 안 된다.

허긴 세금을 냈어야지 경로우대를 주장하지.

타이베이 본 역은 무척 번잡하다.

주내는 김밥과 빵을 사서 들고 온다.

일찌감치 역 안으로 들어와 월대에 있는 의자에 앉아 토마토와 김밥을 먹는다.

지하철이나 기차역마다 월대(月臺) 표시가 있어 처음에는 지명인 줄 알았으나, 나중에 보니 플랫홈을 가리키는 중국말이다. 이래서 알아야 한다.

11시 기차인데 초롱이네는 아직 연락이 없다. 나중에 연락해보니 4호차에 무사히 탔단다.

기차는 흔들흔들 타이중(台中 대중)을 향해 간다.

한 시간쯤 가니 신죽(新竹)이다. 신죽은 비교적 큰 도시이다.

그리곤 죽남(竹南)이던가 하는 도시에선 관운장인가? 큰 동상이 역

7. 미래는 희망이다.

밖으로 보인다.

관우는 중국 사람들에게 숭앙의 대상이다. 관우만큼 사랑받는 인물도 없다.

중국 사람들이 숭상하는 두 인물을 대라면 단연 공자와 관우이다. 공자는 문(文), 관우는 무(武)의 신으로 추앙받는다.

특히 관우는 민간 신앙에서 숭앙의 대상이다. 장사가 잘 되어 돈 벌게 해달라고, 복 받게 해달라고, 도둑들로부터 보호해달라고 비는 신이 관우이다. 아마 배가 아파도 관우에게 빌지 않을까 싶다.

기차는 좌석 간격이 넓어서 좋다.

우리나라에선 KTX도 앉으면 다리가 길어 불편했는데……. 이런 건 본받을 수 없을까?

타이중 역

이럭저럭 타이중에 도착한다.

타이중은 인구가 75만인 도시이다.

이제 호텔을 찾는다. 호텔 이름은 챈스 호텔인데 역 앞에 있다.

호텔로 들어가니 3시에 체크인 한다고 가방을 맡겨 놓으라고 한다.

밖은 날씨가 무척 더운데, 벌써 시간은 2시 가까이 되었다. 무엇보다도 빨리 점심을 먹어야 한다.

이 선생은 샤오롱포(小龍包)라는 만두로 유명한 집이 있으니 요걸 먹어야 한다고 주장한다.

맛있는 맛집이라니, 좋다 가자. 굶주린 배를 달래면서 뙤약볕 밑을 걸어간다. 식당을 찾아서!

심원춘(沁園春)이라는 이 식당이 호텔에서 그리 멀리 떨어져 있는 것은 아니다.

그러나 이 무슨 일인고?

아무리 유명한 식당이라도 이제 2시가 넘었으니 줄을 서서 기다리지 않아도 될 것이라는 기대를 했으나, 식당 문 앞에서 쫓겨나고 말았다.

점심 재료가 다 떨어졌으니 저녁 때 오라는 거다.

열심히 찾아 왔는데, 이걸 어쩌나?

유명하다고 갑질하능겨?

할 수 없지 뭐~, 주인이 팔지 않는다는데, 우쩔겨? 그래도 맛을 보려면 이따 와야지.

그나저나 배는 고프고 무어 먹을 만한 게 없나 살펴본다.

결국 그 집 근처의 맞은편 면(麵) 전문점이라 쓰여 있는 식당엘 들어간다.

7. 미래는 희망이다.

타이중 맛집: 심원춘

여기도 전문점이니 잘 하겠지?

주내는 잘 먹는데, 나는 그렇지 못하다. 원래 밀가루 음식을 별로 좋아하지 않는데다, 입맛에 맞지 않아서이다.

헐 수 없다. 미래를 기대해야지.

우린 현실에서 만족하지 못하면 항상 미래에 기대를 건다.

미래는 희망이다.

곧잘 이 희망이 깨지는 걸 경험하면서도 미련을 못 버린다.

비록 돈은 많이 들었지만 어제 먹은 횟집 생각이 난다.

다시 호텔로 돌아와 방으로 들어간다.

방은 이틀 동안 빌렸는데, 우리에게는 패밀리룸을 준다. 패밀리룸 필요 없는데…….

타이중 / 일월담 / 아리산

일단 샤워부터 한다. 살 거 같다.

그리곤 빈둥거리다가 이제 저녁을 먹으러 나간다. 기대와 함께.

이 선생 부부는 또 다른 맛집을 찾아 버스를 타고 떠나고, 우린 다시 심원춘으로 간다.

이번에는 퇴짜를 놓지 않는다.

들어가 자리를 잡고 샤오롱파오 한 접시와 새우볶음밥을 시킨다.

이 집은 유명한 만큼 음식값도 비싸다. 야시장에서 파는 볶음밥이 60元이고 굴과 새우를 넣은 해물볶음밥도 70元 받는데, 여기서는 130元이던가, 140원이던가 한다.

값이 두 배 비싸니 맛도 두 배로 좋아야 하는디……

샤오롱파오는 조그마한 만두인데, 다른 사람이 쓴 여행기나 책에서는

심원춘: 샤오롱파오

7. 미래는 희망이다.

먹는 방법을 상세히 설명하고 있다.

곧, 그냥 조그만 만두라고 하여 한 입에 넣는 것이 아니라, 수저를 밑에 대고 샤오롱파오 껍데기를 터뜨려 거기서 나오는 국물을 먼저 맛보고, 그 다음 만두피와 속을 조금씩 맛보아야만 샤오롱파오를 즐길 수 있다고 한다.

책에서 시키는 대로 해본다.

우선 만두 껍데기를 터트리니, 에게~ 국물이 쥐오줌 만큼 나온다. 여하튼 이 귀한 것을 입에 넣고 음미한다. 전혀 맛이 없다고 할 수는 없고, 아주 맛있다고도 할 수 없는, 그냥 괜찮네~ 정도의 맛이다.

그 다음 본격적으로 만두를 먹어보는데, 돼지고기 냄새가 난다.

돼지고기 냄새가 난다는 것은 별로 좋은 현상이 아니다. 돼지고기에 환장을 한 사람 아니고는!

사실 돼지고기든 생선이든 무슨 고기든 특유의 냄새는 별로 좋아하지 않는 것이 보통이다.

고기 특유의 냄새를 좋아하는 사람도 물론 있기는 있을 게다.

그러나 보통 사람들 입맛에는 고기 특유의 냄새가 거북스럽다. 그래서 요리를 잘하는 사람은 이런 냄새를 없앤다.

어찌되었든 돼지고기 냄새가 나는 샤오롱파오를 가지고 뭐 그리 대단하다고 사람들이 난리를 칠까? 혹시 얄팍한 상술의 선동 선전에 넘어간 거 아닐까?

여하튼 난 머리가 나쁜지 통 이해가 안 된다.

그냥 시켰으니 먹는 거다. 맛있다고 생각하고.

그렇지만 비싼 돈에 비하면⋯⋯, 아까~웁다.

타이중 / 일월담 / 아리산

볶음밥도 맛있게 먹는다. 먹을 만하다.

그렇지만 이것도 두 배나 맛있는 건 아니다. 야시장에서 먹는 게 더 맛있다. 거기선 굴도 넣어주고 그랬는데…….

이제 호텔로 돌아와 호텔 근처를 탐방한다. 밤이지만 다시 땀이 흐른다.

그렇지만 내일 르웨탄(日月潭 일월담)을 가려면 어디서 버스를 타야 하는지, 어떤 차표를 사야 하는지를 연구해야 한다.

직접 난터우커윈(남투객운 南投客運) 버스 정류장을 찾아간다.

그리고는 일월담 버스표(패스)를 산다. 곧, 르웨탄 왕복, 배, 르웨탄 순환버스, 로프웨이가 포함된 패스를 730元 주고 산다.

패스가 없으면 르웨탄 왕복 300, 배 300, 순환버스 80, 로프웨이 300이니, 패스를 사는 것이 훨씬 경제적이다.

문제는 이 패스를 어찌 잘 써먹느냐에 있다.

잘 써먹어야 하는디…….

참고로 패스는 여러 가지 종류가 있다.

우리가 산 730元 패스 이외에도, 여기에 구족문화촌 관광이 포함되어 있으면 1,100元 패스가 되고, 일월담 왕복, 순환버스, 자전거 대여료, 배가 포함된 것은 620元이고, 구족문화촌과 일월담 왕복 패스는 950元이다.

여하튼 필요에 따라 구입하면 된다.

그렇지만, 어차피 하루에 모든 것을 다 볼 수는 없다. 순환버스가 자주 다니는 것이 아니고 한 시간에 하나씩 다니니, 패스를 끊을 때에 구족문화촌까지 포함된 1,100元짜리를 끊을 필요는 없다고 본다.

7. 미래는 희망이다.

구족문화촌에 관심이 있다면, 패스를 끊을 게 아니라 타이중에서 일월담 가는 버스를 타고 구족문화촌에서 내려 하루를 보내면 된다.

구족문화촌은 해발 1,044m에 있는 타이완 원주민들인 9개 부족들, 곧 고산족인 아미족(雅美族), 아미족(阿美族), 추오족(鄒族 추족), 타이야족(泰雅族 태아족), 싸이샤족(賽夏族 새하족), 부논족(布農族 포농족), 베이난족(卑南族 비남족), 루카이족(魯凱族 노개족), 파이완족(排灣族 배만족)의 아홉 부족의 전통 건물을 재현해 놓은 곳으로서 이들의 문화와 생활을 볼 수 있는 곳이다.

고산족 가무쇼는 부족마다 하루 세 번씩 공연을 하니 이를 즐기는 것도 좋다.

한편, 수이세 관광안내센터(水社遊客中心 수사유객중심)에서는 무료로 짐 보관이 가능하니 620元 패스를 사서 전기자전거를 빌려 타고 돌아보는 것도 괜찮은 방법이다. 비록 로프웨이는 못 타겠지만…….

버스는 30-40분에 한 대씩 있는데, 아침 일찍 출발하는 게 좋다.

8. 우리에겐 늘 새 길이 앞에 있는 것이다.

2018년 4월 30일(월)

아침 7시 45분 타이중 출발 르웨탄(日月潭 일월담: Sun Moon Lake) 가는 버스를 탄다.

버스를 타고 가는 길에 보이는 산들이 아름답다. 숲이 우거져 있고, 그렇게 크지 않은 고만고만한 산들이 겹겹이 거룩하게 솟아있어 조화롭다. 때로는 야자나무 숲도 보인다.

일월담은 대만에서 제일 높은 곳(해발 748m)에 있는 가장 큰 천연 담수호인데, 타이완 3대 비경 중의 하나라 한다. 아리산의 일출, 르웨탄

타이중에서 일월담 가는 길

현광사 부두

의 석양이라는 말이 있을 정도로 석양이 아름답다고 하니 기대가 된다.

수심은 27m이고, 면적은 7.93m²의 호수인데, 북쪽은 둥근 해 모양이고 남쪽은 뾰족한 초승달 모양이라서 일월담이라 부른다.

일월담은 정인호(情人湖)라고 부르기도 한다. 연인들끼리 많이 오고, 웨딩 촬영도 많이 하는 곳이기 때문이다.

일월담에 도착하여 버스에서 내리면 검표원이 배 타는 표를 주면서 패스의 배 타는 바우처를 뜯어간다. 그리고는 배 타는 곳인 수이쉐부두(水社碼頭 수사마두)을 가리킨다.

가리키는 방향으로 내려간다.

2번 부두에서 타라고 한다.

배를 타고 얼마 안 있어 배는 르웨탄 호수를 가로질러 건너편 부두

현광사 부두

로 간다.

일월담이 아름답기는 하지만 보통 산정 호수가 다 아름답다고 보면 특별한 것은 아니다. 그렇지만 시원하기는 하다.

슈엔꽝스(玄光寺 현광사)라는 절이 있는 부두에서 내린다. 이름은 현광마두(玄光碼頭)이다.

부두에 내리니 고산족 사람들이 악기를 연주하고 이들과 함께 관광객들이 손에 손을 잡고 빙빙 돌면서 원무를 추고 있다.

현광사는 현장법사를 모셔놓은 절이다.

절을 둘러보며, 달걀을 사서 먹는다. 달걀은 무슨 약초를 넣고 찐 것인지 까맣다. 그렇지만 짭짜름하니 맛은 있다.

현광마두에서 왼쪽으로는 슈엔꽝스(玄光寺 현광사)라는 절에서 슈엔

8. 우리에겐 늘 새 길이 앞에 있는 것이다.

즈앙스(玄奘寺 현장사) 가는 길이 있다. 숲속에 나 있는 산책하기 좋은 길이다,

청룡산보도(靑龍山步道) 현장지로(玄奘之路) 850미터라는 표지가 보인다. 영어로는 Pilgrim Trail of Xuan Zang이라 쓰여 있다.

우리에게 유명한 샨타고 순례길만 순례길인가, 뭐, 이것도 영어로 보니 순례길인데.

길을 따라 현장사까지 걷는다.

가는 길은 험하진 않다.

가끔 가다가 현장법사를 상징하는 책 같은 조형물들도 있고, 전망대와 의자도 만들어 놓았다.

현광사에서 현장사 가는 길의 조형물: 대장경

그 누가 이런 곳에 요런 책 놔 두었나
깨우침 얻으려는 무지한 중생들아
저 속에 길이 있다니 다시 한 번 보게나

비교적 평탄하게 갈 수 있었는데, 거의 다 가서는 오르막길이라서 좀 헐떡인다. 아니 조금 많이 힘들다.

현장사에서 내려다 본 일월담

드디어 차도로 나왔다.

왼쪽 옆으로는 가게들이 있고 그 맞은편으로는 현장사가 있다.

현장사는 서유기에 나오는 삼장법사를 모셔놓은 절이다. 삼장법사의 본명은 현장인데, 이절에는 이 분의 사리를 모셔 놓았다.

이 사리는 원래 남경의 티엔시스(天禧寺 천희사)

8. 우리에겐 늘 새 길이 앞에 있는 것이다.

현장사에서 내려다 본 일월담

에 있던 것인데 중일전쟁 때 일본에서 가져간 것을 반환받은 거라 한다.

땀은 비 오듯 흐르는데, 손수건을 가지고 가지 않아서 가게에 들려 손수건이 있는가 물어보니 수건을 준다.

이거라도 하나 산다.

그리고 땀을 닦고는 물에 적셔 꼭 짠 다음 모자 안에 넣고 모자를 쓴다. 머리를 식히는 데는 이게 최고다.

가게 옆으로 전망대가 있어 일월담을 내려다본다.

그리고는 현장사를 올려다본다.

여기까지 왔으니 저길 올라가야 하는데…….

오르는 길에는 돌로 조각한 흰 코끼리가 떡 버티고 있다.

여하튼 올라가 보자. 올라가봐야 별 건 없겠지만…….

타이중 / 일월담 / 아리산

그래도 올라가 봐야 한다. 올라가서 별거 없다는 걸 확인해야 한다.

사명감을 가지고 절로 오른다.

절 문을 들어서니 무섭게 생긴 신장 청동 조각이 눈을 부릅뜨고 절을 지키고 있다.

차라리 손오공과 저팔계나 사오정을 세워놓지 않구…….

본전은 현장전이라는 현액이 달려 있고, 그 안에는 현장법사의 조상(影像)이 모셔져 있고, 좌우에는 스님들이 예불을 드리고 있다.

절에서 나오니 오른쪽으로 자은탑(慈恩塔) 가는 길이 있으나, 포기한다.

자은탑에 오르면 전망이야 좋겠으나, 여기에서 약 1킬로미터를 가야 하는데 또 오르는 길이기 때문이다.

판단은 신속하게, 그리고 현명하게 해야 한다. 특히 배가 고플수록 그러하다.

오늘 갈 곳도 많고, 그리고 무엇보다도 배가 고프니, 이제 내려가야 한다.

다시 온 길을 따라 이제 현광사로 내려간다.

우린 빠꾸는 안 하는디…….

내려가다 보니 녹색 뱀을 만난다.

그 빛깔과 자태가 하도 고와서 잠시 황홀해진다. 참 이쁜 뱀이다.

> 네 어찌 뱀이라는 미물로 태어났냐
> 전생에 무슨 죄를 지었는지 모른다만
> 그 고운 자태를 볼 때 사내께나 홀렸겠다

8. 우리에겐 늘 새 길이 앞에 있는 것이다.

현장사에서 현광사 가는 길: 뱀

만약 땀 흘리며 걷지 않았다면 이 녀석을 만났을까?

우린 빠꾸는 될 수 있으면 안 하지만, 오늘 크게 깨달았다.

요건 빠꾸가 아니다. 새 길이다. 우리가 온 길이라고 다 헌 길은 아니다.

시간의 흐름에 따라 새 길이 된 것이다. 그렇지 않음 어찌 이런 아름다운 뱀을 만나겠나?

우리에겐 늘 새 길이 앞에 있는 것이다.

망설이지 마라!

좀 더 편한 길을 택하면 몸은 편한 대신 무엇인가 희생해야 한다. 반면에 고생스러운 길을 택한다면 거기에서도 얻는 것이 있다.

한꺼번에 동시에 둘 다 취할 수는 없는 법이다.

요런 진리를 안다면, 선택에 망설임이 없게 된다. 어떤 길을 가든지 그것은 새 길이며 무엇인가가 주어지므로.

그렇다고 아무렇게나 선택하라는 것은 절대 아니다.

항상 자신의 가치나 윤리나 명분이나 그 어떤 기준에 맞추어 선택하여야 하는 것이다.

그리고 선택한 길을 후회하면 안 되는 것이다. 그 길에서 자신이 무엇을 얻을 수 있는지를 살피며 감사해야 한다.

8. 우리에겐 늘 새 길이 앞에 있는 것이다.

9. 무식하면 고생하는 법이다.

2018년 4월 30일(월)

현광사 부두에서 다시 배를 타고 그 다음 부두인 이다샤오 부두(伊達邵碼頭 이달소마두)로 간다.

로프웨이를 타야 하기 때문인데, 현광사에서 현장사를 왕복하는 동안 시간을 많이 잡아먹었다.

땀도 많이 흘렸다. 다리도 뻑적지근하다. 게다가 배도 고프다.

일단 먹어야 산다.

부두에 내려 이 집 저 집 기웃거려보지만 음식값이 너무 비싸다.

케이블카는 바로 바다 저 편에 보이는데, 그곳에 이르는 길은 멀고

현장사에서 내려다 본 일월담

타이중 / 일월담 / 아리산

일월담-구족문화촌 로프웨이

도 멀다. 빙빙 돌아가는 길이다.

케이블카 타는 곳에서 일단 점심으로 돈까스를 먹는다.

그리고 밑에가 훤히 보이는 케이블카를 타고, 구족문화촌으로 간다.

케이블카 타러 들어갈 때 줄이 두 줄이다.

한 줄은 밑바닥이 훤히 보이는 케이블카를 타는 줄이고, 다른 한 줄은 밑바닥이 막혀 있는 케이블카를 타는 줄이다.

사람들은 밑바닥이 보이면 무섭다고 생각하는지 이쪽 줄은 짧다.

우린 과감하게 밑바닥이 보이는 케이블카를 탄다.

그렇지만 전혀 무섭지 않다.

이건 내가 담이 커서가 아니라, 정말 무섭지 않은 것이다.

무서워하는 사람은 아마도 전생에 죄를 많이 지은 사람 아닐까라는

9. 무식하면 고생하는 법이다.

생각이 든다. 발밑이 유리로 되어 있어 밑으로 나무들이 보이지만 심호흡 한 번 하고 내려다보면 별 거 아닌데…….

"요걸 뭘 무섭다고!"

그보다는 앞뒤 옆으로 지나가는 경치가 훨씬 보기가 좋다.

로프웨이가 꽤 길다.

그렇지만 구족 문화촌은 들어갈 수 없다. 그것은 패스에 포함되지 않았기 때문이다.

또한 그럴 시간도 없다. 돌아갈 시간에 맞추지 못하기 때문이다.

다시 케이블카를 타고 돌아온다.

그리고 부두까지 또 걷는다.

다리도 아프고 땀은 나고,

다시 배를 타고 수이쉐부두(水社碼頭 수사마두)로 온다.

이제 순환버스를 타고 문무묘로 가야 한다.

순환버스는 일월담 주위를 도는 버스이다. 수사부두에서 문무묘로, 공작원(孔雀園)으로, 그리고 로프웨이를 타는 일월담 역을 거쳐 이달소 부두와 현장사, 현광사로 가는 버스이다. 그리고 그 반대 방향으로 돌아온다.

진작 이를 알았다면, 현광사에서 현장사로 땀을 흘리며 걷지 않았을 것이다.

시원하게 버스를 타고 현장사로 갔을 것이고, 여기서부터 자은탑으로 걸었을 것이다.

그러면 자은탑도 가 볼 수 있었을 텐데, 그만 현광사~현장사 숲길을 걷는 바람에 지쳐버려서 자은사로 오르지는 못한 것 아닌가!

무식하면 고생하는 법이다.

그렇지만 후회는 없다.

그 덕분에 앞에서 말했듯이 이쁜 뱀을 만났으니까.

이쁜 뱀을 만나시려면 우리처럼 고생하셔도 된다. 그렇지만 이쁜 뱀이 그 자태를 보여줄는지는 나도 모른다.

그러니 일월담 관광오시는 분들, 좀 나이 드신 분들께는 일월담에 도착하시면 배부터 타지 말고 일단 순환버스부터 타고 이 버스가 어디에서 서는지를 확실하게 기억하면서 종점까지 가라고 권하고 싶다.

그리고 다시 돌아와 "수사부두-(배)-현광사-(버스)-현장사-(걷기)-자은탑-(걷기)-현장사-(버스)-이달소부두—(버스)-일월담역-(로프웨이)-구족문화촌-(로프웨이)-일월담역-(버스)-공작원-(버스)-문무묘-(버스)-수사부

문무묘 정문

9. 무식하면 고생하는 법이다.

두-(배)-현광사-(배)-이달소부두-(배)-수사부두"의 코스를 권한다.

아니면 "수사부두-(버스)-현광사-(버스)-현장사-(걷기)-자은탑-(걷기)-현장사-(버스)-이달소부두-(버스)-일월담역-(로프웨이)-구족문화촌-(로프웨이)-일월담역-(버스)-공작원-(버스)-문무묘-(버스)-수사부두-(배)-현광사-(배)-이달소부두-(배)-수사부두"의 코스도 괜찮다.

어찌되었든 순환버스의 행선지를 정확하게 알아놓으면, 몸도 편하고 더 많은 것을 관광할 수 있는 것이다.

우리의 경우, 배부터 탄 게 잘못이다.

순환버스가 어디에 서는지 어디에서 타는지를 모르니, 현광사에서 현장사까지 걸어갔다가 자은탑은 가보지도 못하고 다시 현광사로 걸어 왔고, 여기서 배를 타고는 이달소부두로 갔다가 바보같이 다시 걸어서 일

문무묘 무성전: 악비와 관우

64

문무묘 대성전: 공자

월담 역까지 왕복으로 걷기 운동을 한 것이다.

이는 지도에 나와 있는 뱃길부터 들리는 바람에 그렇게 된 것이다.

이제 문무묘에서 내린다.

묘 앞 계단에 올라서서 뒤를 돌아보면 일월담의 풍경이 펼쳐진다.

문무묘로 오르는 계단은 모두 윤년을 의미하는 366개인데, 계단마다 날자가 새겨져 있고, 그날 탄생한 유명인사의 이름이 새겨져 있다.

이 계단의 자기 생일에 서서 소원을 빌고 소원의 열매(소원을 적은 금종)를 계단 옆 난간에 달면 소원이 이루어진다는 전설이 전해져 내려오고 있다.

그래서 그런지 수많은 금종이 매달려 있다.

문무묘의 커다란 문을 들어서면 공을 굴리는 듯한 커다란 8m 높이의 별로 잘 생기지 않은 사자상을 볼 수 있다.

9. 무식하면 고생하는 법이다.

문무묘는 공자와 관우, 악비를 모신 사당이다.

정전(正殿)은 무성(武聖) 관우를 모시고 있는 무성전(武聖殿)이고, 후전(後殿)은 공자를 모시고 있는 대성전(大成殿)이다.

여기에서만큼은 공자와 관우가 동격이다. 공자는 문(文), 관우는 무(武)의 신이니까.

무성전에는 관우가 충의천추(忠義千秋)라는 현판 아래 악비와 함께 앉아 계시고, 그 좌우로는 관우의 참모인 주창 장군과 아들인 관평 태자가 시립해 있다.

한편 대성전에는 공자님이 만세사표(萬世師表)라는 현판 아래 앉아 계시고, 그 옆 좌우에는 아성(亞聖) 맹자, 종성(宗聖) 증자 등 공자님의 제자들이 모셔져 있다.

문무묘: 벽의 조각

대성전 뒤로는 또 올라가는 계단이 있고, 계단에 오르면 벽과 마주친다.

여기에도 조각을 새겨 놓았는데, 조각 솜씨가 정교하다.

다시 옆으로 난 계단을 계속 올라가면 돌로 된 기둥들로 만든 문 비슷한 것과 용을 새겨 놓은 돌기둥이 있다.

문무묘에 있는 이런 조각들은 모두 볼 만하다.

그 위는 푸른 색 잔디이다.

이렇게 한 바퀴 둘러보고 전각들 옆으로 난 길로 내려온다.

다리도 아프고, 시간도 다 되어가고, 다시 버스를 타고 돌아선다. 타이중으로 돌아가는 버스가 하나 더 남아 있기는 하지만, 만약을 위해서 마지막 버스 앞의 버스를 타고 타이중 호텔로 돌아가야 하기 때문이다.

문무묘: 사당 뒤 기둥들

9. 무식하면 고생하는 법이다.

그러니 공작원엔 들리지는 못한다.

또한 일월담의 해넘이가 볼 만하다지만, 이를 보려면 여기에서 하루 묵어야 하니 해넘이도 볼 수 없다. 아쉽지만!

다시 수사관광센터에 다다르니 벌써 버스를 타려고 긴 줄이 늘어서 있다.

우리도 줄을 선다.

그리고 타이중으로 돌아온다.

해는 서산 너머로 뉘엿뉘엿 지고 있다.

여하튼 오늘은 이렇게 하루가 지난다.

10. 아리산 가는 길

2018년 5월 1일(화)

아침부터 익스피디아로 오늘 묵을 아리산 지역의 호텔을 정한다.

별로 마땅한 호텔이 없다. 우선 비싸고, 묵은 사람들의 평을 보니 대부분 좋지 않다.

결국 평을 보고 고른 것이 아리산 역에서 멀리 떨어진 곳의 츠비 시킹 아리산 선라이스 호텔(阿里山 初日 아리산 초일)이다.

이 호텔은 롱떠우(龍頭)에 있는 B&B인데, 우리 돈 63,000원이라는 비교적 싼 값에도 불구하고 5점 만점에 평이 4.2로서 높아 이곳으로 결정한 것이다.

호텔을 정할 때에는 이용 후기를 읽어보면 여러 가지 정보를 얻을 수 있다.

이용 후기 중에 이 B&B에서 5분 정도만 가면 해돋이를 볼 수 있는 곳이 있어 좋았다는 것, 이곳 주인이 아침마다 해돋이 보는 곳으로 데려다 준다는 것, 그리고 음식이 맛있다는 것 등을 읽고, 굳이 평이 안 좋은 아리산역 주변의 호텔을 비싸게 얻을 필요는 없으리라 생각하여 결정한 것이다.

이 선생 부부는 아리산 역 근처의 호텔을 얻었다 한다.

거긴 아주 평이 안 좋던데…….

아리산에는 처음 가는 것이라서, 어느 경로로 어떻게 가고 어디에 숙소를 정해야 유리한지 거의 정보 부재 상태에서 결정짓기란 보통 어려운 게 아니었다.

자이 역

인터넷으로 구글 지도를 펴 놓고 고심 고심하며 정한 것이 이 B&B
이다.

참고로 아리산에 가는 방법은 자이(嘉義 가의)에서 산악열차를 타고
가는 방법과 버스를 타고 가는 방법이 있다. 둘 다 3시간 정도 걸린다.

그러니 일단 자이 시까지 가야 한다.

10시 42분 타이중에서 체지양호(自强號 자강호)를 타고 자이로 간다.
차비는 224元이고, 이 열차 역시 특급열차라서 카드로 결제한다. 자이에
는 11시 52분에 도착한다.

아리산 산악열차는 아침에 두 번 있을 뿐이어서 할 수 없이 버스를
탄다.

자이에서 12시 5분 출발하는 버스를 탄다. 아리산역까지는 211元이

다. 이지카드로 결제한다.

일단 아리산역까지 갔다가 그곳을 조금 구경하고 다시 되돌아 나오는 버스를 타고 우리 호텔이 있는 롱떠우핑(龍頭坪)으로 돌아가면 된다.

다행히 버스는 18번 도로로 롱떠우핑을 지나 아리산역으로 간다. 나중에 아리산 역에서 롱떠우핑으로 되돌아오면 될 것이다.

버스는 빙빙 돌고 돌아 오르는 산길로 2시 55분 아리산역에 도착한다.

아리산은 3,952m의 위산(玉山 옥산)을 에워싼 해발 2,200m 이상의 산들을 총칭하여 부르는 말이다. 정말 골이 깊은 산들로 이루어져 있고, 여름 평균 기온이 10도이고 모기가 없어 피서지로 아주 좋다.

이 선생과 초롱씨는 아리산 역 근처의 호텔을 얻었기에 아리산국가

아리산 가는 길 석탁(石卓)의 어떤 집

10. 아리산 가는 길

아리산국가삼림유락구

삼림유락구(阿里山國家森林遊樂區) 안으로 들어간다.

이곳으로 들어갈 때 입장료는 일인당 300元인데, 버스에서 내릴 때 주는 영수증(?)을 내밀면 150元으로 할인을 받을 수 있다.

그러니 버스에서 내릴 때 주는 노란 종이를 반드시 가지고 있어야 한다.

우리도 들어가 한 두 시간쯤 관광을 하다 내일 다시 오려 했으나, 이 영수증을 제시하면 반값 할인은 해주지만, 내일 다시 올 때 300元씩 을 다시 내야 한다고 한다.

둘이면 600元(우리 돈 24,000원)이 더 드는데, 지금 들어가 봐야 한 두 시간 남짓 돌아다닐 뿐이니 내일 오는 게 낫겠다 싶어 우린 되돌아선 다.

버스 타는 곳으로 와 돌아가는 버스를 기다리는 동안 매점에서 초콜 릿과 김밥, 그리고 두유로 늦은 점심을 먹는다.

3시 40분 아리산을 출발하는 버스를 타고 롱떠우핑(龍頭坪)에 도착한 것은 4시 40분이다.

아직 5시도 안 되었는데, 버스에서 내리니 안개가 자욱하여 앞이 잘 보이지 않는다.

용두평 정류장 근처에는 상점들이 몇 개 있기는 한데, 전부 이곳 특산품인 차를 파는 곳들이다.

구글 지도에서 찾은 롱떠우핑

그나마 안개가 자욱하니 문을 연 곳이 별로 없다.

버스 정류장에서 한 50m 떨어진 곳의 상점에 가 츠비 시킹 호텔을 물어본다.

잘 모른다. 구글 앱을 켜보면 분명이 부근인데…….

다시 예약한 이메일을 찾아보니 츠비 시킹 호텔의 전화번호가 있다.

롱떠우핑의 숙소 츠비 시킹(初日 초일)

전화번호를 주면서 전화를 부탁한다.

전화를 하면서 나에게 초일(初日)이라 쓰면서 여기를 말하느냐고 묻는 눈치인데, 초일이 무슨 말인지를 모르겠다.

나중에 알았는데, 이 호텔 이름이 한자로 초일(初日)이었다. 아마도 해돋이의 한자식 이름인 듯하다. 그렇다면 츠비 시킹은 또 뭐고?

익스피디아에도 한자로 초일(初日)이라 올려놓았으면 금방 알았을 텐데…….

트럭을 몰고 온 어떤 분이 자기가 데려다 주겠다고 한다.

트럭 뒤에 올라타니 차를 몰고 가게 사이로 난 길을 따라 산 쪽으로 올라간다. 그리고는 초일이라는 호텔에 내려준다.

고마워서 돈을 주나 받지 않는다. 가지고 간 액세서리로 된 자그마

한 부채를 선물로 준다.

여하튼 고맙다.

B&B로 들어서며 정말 일찍 오길 잘했다 싶다. 정말 잘한 일이다. 조금 더 늦었으면 컴컴해질 텐데 이 안개 속에서 어찌 B&B를 찾을 것인가?

정해준 방으로 들어가 보니 방은 깨끗하고 괜찮다. 다만 침대가 없고 마루바닥에 매트리스가 깔려 있고 이불이 있다.

모든 걸 바닥에 앉아서 하려니 조금은 불편하다.

일단 샤워를 하고 쉬다가 저녁을 먹기로 했다.

이 호텔에서 저녁을 먹을까 했는데, 마침 안주인이 출타 중이어서 오늘 저녁을 해 줄 수 없다고 한다.

아리산 어떤 식당

10. 아리산 가는 길

아리산 어떤 식당

그렇다고 달리 이 부근에 식당이 있는 것도 아니어서 저녁 먹을 곳이 마땅치 않다.

이집 주인은 우리에게 식당까지 데려다 주겠다고 한다.

늦은 점심을 먹었기에 배는 고프지 않으나 더 늦으면 곤란할 듯하여 주인 할아버지의 차를 타고 산길을 내려간다.

아직도 안개가 자욱하다.

컴컴해지면 어찌 돌아오누?

물론 이 B&B 할아버지가 우릴 데리러 오겠지만, 미안하기도 하고 고맙기도 하다.

찻집을 겸한 깨끗하고 좋은 식당으로 데려다 준다. 식당 주인에게 식사가 끝나면 전화해달라고 하는 듯하다.

타이중 / 일월담 / 아리산

아리산 어떤 식당에서

건물 바깥에도 파라솔 밑에 몇 개의 식탁이 있고, 젊은이들 몇 쌍이 앉아 있다.

식탁 저쪽으로는 거의 낭떠러지 수준인데 전망이 매우 좋다.

깨끗한 것은 좋은데, 이곳 음식은 오로지 한 가지, 샤브샤브, 곧 훠궈(火鍋) 한 가지이다.

할 수 없지 뭐, 이거라도 먹어야지.

먹고 나니 주인이 B&B 주인에게 전화를 해준다.

잠시 후, 주인 할아버지의 차를 타고 B&B로 돌아온다.

오늘은 하루 종일 차만 타고 돌아다닌 셈이다.

10. 아리산 가는 길

11. 아리산 해돋이

2018년 5월 2일(수)

4시 반 기상.

밤사이에 약간 쌀쌀해진 느낌이다.

5시 10분, B&B 앞에서 주인이 해돋이 보는 곳으로 안내해준다. 이 숙소에 묵고 있는 사람들이 이 할아버지를 따라간다.

이 B&B는 아리산에서 그나마도 좋은 호텔이다. 가격은 칠만 원이 채 안 되고, 깨끗하고, 친절하고, 서비스가 좋기 때문이다.

다만 이 호텔 찾기가 약간 어렵다.

오후엔 안개가 끼니 낮에 와서 사람들에게 물어서 찾으시라!

아리산: 달

타이중 / 일월담 / 아리산

아리산: 해 돋기 전

11. 아리산 해돋이

다른 데는 시설도 형편없고 가격도 무척 비싸고(거의 2-4배), 청소 상태도 엉망이고, 불친절하다는 게 일반적 평이다.

약 10분 걸어간다.

나이스 뷰!

서쪽 하늘엔 아직 가지 못하고 머뭇거리는 달이 걸려 있고 그 밑으로 보이는 산은 까맣다.

점점 밝아지기 시작한다.

까만 산 너머로 하늘이 붉어지기 시작한다. 햇빛에 구름이 붉게 물든다.

한편 오른쪽으로는 저 아래 차밭 너머로 겹겹의 산들이 보이고, 일

아리산: 해돋이

부는 구름이 깔려 이들을 덮고 있다.

높기는 높은 산이다.

드디어 해가 떠오르기 시작한다.

사람들은 다들 사진 찍기에 바쁘다.

아이구, 배터리가 다 되었네!

배터리를 점검하지 않은 게 잘못이다.

그렇지만, 이럴 때일수록 침착해진다. 이게 나의 장점이다.

얼른 옆구리에 찬 10만원 주고 산 삼성 디지털 사진기를 꺼내든다.

디지털 카메라에 사진을 몇 장 담고, 이제는 셀폰이다.

친구들에게 보내기 위해 셀폰에 해돋이와 구름 깔린 운해 사진을 몇 장 찍는다.

아리산: 운해

11. 아리산 해돋이

아리산: 운해

보통 일출은 아리산역에서 기차를 타고 츄산 역(祝山車站 축산차참)에서 내려 보는 것이 일반적이지만, 이곳에서 보는 일출도 운해도 그런대로 괜찮다.

츄산에서 일출을 보려면 아리산 역 부근의 호텔을 얻어야 한다. 그래서 그곳 호텔들이 비싸고, 서비스는 형편없고, 갑질을 해대는 거다.

이건 그곳에 묵었던 이 선생도 보증해준다.

어느 덧 해는 떠오르고, 이제 돌아가 아침을 먹어야 한다.

7시 30분, 좀 짭짜름하지만 이곳에서 마련해주는 식사는 비교적 좋다. 주인 할머니의 솜씨가 좋은 것이다.

12. 나라고 못할소냐?

2018년 5월 2일(수)

숙소에서 짐을 정리한 다음 프런트에 짐을 맡기고, 아리산 국가삼림 유락구(Alishan National Forest Recreation Area)로 가기 위해 버스를 탄다.

구글 지도를 보면 아리산국가삼림유락구가, 그리고 그 오른쪽으로 좀 떨어진 넓은 곳에 옥산국립공원이라고 녹색으로 표시되어 있다

그러니 아리산국가삼림유락구는 옥산국립공원의 일부이다. 주로 관광객들은 이곳에서 숲과 나무 등 경치를 감상하고, 츄산으로 가 해돋이를 본다.

아리산: 차밭

아리산

7322번 버스를 타고 아리산 정류장에 내린다.

일단 세븐-일레븐에서 김밥을 산 후, 아리산국가삼림유락구로 들어간다. 물론 어제 고이고이 간직해 둔 노란 종이를 내미니 입장료가 50% 할인이 된다.

참고로 아리산 역에는 세 개의 열차선이 있는데, 하나는 자이 역으로 연결되는 삼림철도이고, 다른 둘은 일출을 보러 가는 츄산시엔(祝山線 축산선)과 신목을 보러 가는 선무시엔(神木線 신목선)이다.

입장료를 내고 들어가면 삼림유락구 안을 도는 순환버스가 대기하고 있다.

순환버스를 타면, 내렸다 타고 내렸다 타면서 차오핑공원(沼平公園 소평공원)과 신목 등을 볼 수 있다.

소평 역

소평 역

12. 나라고 못할소냐?

삼림유락구 안 두 구역으로 나뉜다. 호텔, 기념품점 등이 있는 아리산역 부근에서 출발하면, 왼편의 신목이 있는 구역과 오른편의 차오핑공원이 있는 구역이다.

그 가운데에 도교 사원인 수진궁(受鎭宮)이 있다.

버스표는 90 元인데, 표를 사며 물어보니 소평공원부터 보라고 한다.

소평 역: 열차

우리는 순환 버스를 타고 소평공원 역에서 내린다.

역에서 내리니, 진열되어 있는 기차가 있다. 어떤 젊은이가 기차 뒤에 매달려 사진을 찍는다.

타이중 / 일월담 / 아리산

소평 공원: 고목 밑둥

나라고 못할소냐?

나두 매달려본다. 그리고 주내가 사진을 찍는다.

그리곤 숲으로 들어간다. 나무들이 울창하다.

산책하기에 좋다.

5월이 우기라는데, 햇빛만 쨍쨍하다.

산책로를 따라 쭉쭉 뻗은 나무들을 보며 쯔메이탄(姉妹潭 자매담: 자매못)으로 간다.

고목이 죽어 밑둥만 남고 그것도 가운데가 파여 구멍이 생긴 이상한 형태의 나무둥치에서 사진을 찍는다.

이것 말고도 가는 길의 나무들은 꽤 볼 만하다.

아니 오래 전에 죽어 가운데에 구멍이 뚫리고 부드러운 겉 부분이

12. 나라고 못할소냐?

소평 공원: 고목 밑둥

소평 공원: 자매담

타이중 / 일월담 / 아리산

소평 공원: 나무

세월에 삭아 기괴한 형태로 조각된 나무 둥치들이 많다.

이들은 모두 자연의 조각들이다.

자연은 위대한 예술가임이 틀림없다.

산 나무, 죽은 나무, 죽은 나무 위에서 새로 자라난 나무 등 온통 나무 구경이다.

자매못은 길쭉한 연못과 동그란 작은 연못 두 개가 붙어 있어 자매못이라 부른다.

전설에는 한 자매가 한 남자를 사랑하였으나 자매간의 애틋한 우애 때문에 이곳에서 몸을 던졌다는 이야기가 전한다.

한 남자를 사랑해서 죽는다고 해결되냐? 이런 걸 우애랍시고 이야기

12. 나라고 못할소냐?

를 꾸며?

아담한 정자와 작은 다리, 그리고 못 가운데 있는 죽은 나무들과 그 그림자 등이 참으로 아름다운 풍경을 연출한다.

그러나 사진은 잘 나오지 않는다.

자매못 가운데에 있는 정자에서 세븐-일레븐에서 사 온 김밥을 먹는다.

아리산 입구의 세븐-일레븐에서 파는 김밥은 비교적 먹을 만하다. 여기에 넛 한 주먹, 귤 한 개씩을 먹고 나니 조금은 든든하다.

다시 산책로를 따라 내려가니, 쭉쭉 곧게 뻗은 나무들의 기세가 대단하다.

13. 신목들

2018년 5월 2일(수)

얼마 안 가 셔우전꿍(受鎭宮 수진궁)이다.

수진궁은 현천상제를 모신 도교 사원이다.

현천상제의 구원을 받은 나비선녀(胡蝶仙女 호접선녀)가 은혜를 갚기 위해 상제탄신일인 음력 3월 3일에 7마리의 나비를 보내온다는 전설을 품고 있는 3층으로 된 전각이다.

안으로 들어가 현천상제 님을 뵙는다.

수진궁에서 산다이무(三代木 삼대목)으로 내려간다.

삼대목은 1500년 된 늙은 나무가 죽고 난 후, 약 250년이 지나 그

수진궁

밑둥 위에 씨가 뿌려져 거기에서 영양분을 공급받아 다시 나무가 자라고, 이 2세대의 나무뿌리가 늙고 그 줄기는 가운데가 비어버리고, 다시 300년이 지나 제 3세대의 나무가 이 위에 자라났기에 삼대목이라 한다.

삼대목을 지나면 아리산 뽀우관(博物館 박물관)이 있다.

삼대목

여기에는 옛날에 쓰던 전화기, 무전기 같은 옛날 물건들과 나이테에 얼마나 되었는지를 표시해 놓은 나무 밑둥이 있다.

크게 볼 건 없지만, 시원한 곳에서 잠시 쉬어가기에는 딱 좋다.

계속 내리막길을 따라 걷다보면 나무의 영혼을 위로해주는 수령탑(樹靈塔)이 나오고, 그 뒤로는 향림신목(香林神木)이라는 팻말이 나타난다.

나무들은 과연 신목이라 불릴 수 있도록 크고 쭈욱 뻗어 있다.

나무들 옆에는 요 나무가 몇 년이나 살았는지, 높이는 얼마인지를 표시해주는 표지판이 붙어 있다.

보통 800년 이상 된 나무들이다. 1600년, 1700년, 1900년, 2000 년인 나무들도 있다.

나무의 높이는 11m, 26m, 28m, 38m, 42m 등이고, 둘레는 5.3m, 7.8m, 10.5m, 11m, 12.1m 등이다.

요 중에 제일로 꼽히는 신목은 높이가 52m, 지름이 4.66m, 나이가 3,000년인 노송이다.

미국의 킹스 캐년에 있는 나무들보다는 그 높이건 둘레건 작긴 하지만, 요건 요것대로 볼 만하다.

수령탑   향림신목

13. 신목들

향림 신목들

타이중 / 일월담 / 아리산

신목의 밑둥

볼만한 요런 나무들 옆으로 가다보면 츠윈스(慈雲寺 자운사)라는 절이 나타난다.

이곳에는 타이 국왕이 기증한 칠보불상이 있다.

잠간 자운사에서 절 구경을 한 다음 선무(神木 신목) 역으로 간다.

13. 신목들

14. 코스를 잘 선택해야 힘이 덜 든다.

2018년 5월 2일(수)

자운사에서부터 신목 역으로 가는 길은 계속 내리막길이다. 가파르기가 보통이 아니다. 올라오는 사람들이 모두 헉헉 댄다.

우린 정말 길을 잘 택한 것이다.

만약 수진궁에서 신목 역으로 가서 여기 자운사 쪽으로 올라온다고 생각해보라! 그리고는 또 오르막길로 소평공원을 간다고 생각해보라! 정말 끔찍한 일이다.

물론 우린 신목역에서 다시 수진궁으로 올라가야 한다. 그렇지만 이 길은 비록 오르막이지만 훨씬 편하다.

그래서 코스를 잘 선택해야 힘이 덜 든다.

여기 오시는 분들은 꼭 참고해야 후회 안 하실 거다.

여기 오실 분들을 위해 간단히 요약하면, "입구(버스)-소평역-자매못-수진궁-삼대목-자운사-신목역-수진궁-입구(버스)"의 코스를 택하시라! 만약 그 반대라면 엄청 고생하실 거다.

물론 "젊을 때 고생은 사서도 해야 한다"는 말을 신봉하시는 다리 튼튼하고 허파 튼튼한 젊은 분들은 여기서 제시한 반대 코스를 선택하셔도 말릴 생각은 전혀 없다.

수진궁에서 점심을 먹는다. 김밥과 초콜릿, 옥수수가 오늘의 주식이다.

날씨는 너무 맑다. 흐리고 비라도 왔으면 싶다.

아무리 편한 코스를 천우신조로 다녔다고는 하지만, 그리고 높은 고

타이중 / 일월담 / 아리산

아리산: 안개 속의 차밭、

산지대라 하지만, 그래도 몇 시간 오르막 내리막 다녔으니 땀이 안 흐를 수가 없다.

3시 10분에 버스를 타고 하산한다.

4시 롱떠우핑에 도착하니 역시 안개가 자욱하다.

호텔에 맡긴 짐을 찾아들고 안개를 헤치며 4시 25분에 다시 버스를 타고 자이 역으로 간다. 롱떠우핑에서 자이 역까지는 차비가 142元(우리 돈 5,600원 정도)이다.

자이 역으로. 가는 길은 고불고불한데, 이 큰 버스가 잘도 내려간다.

내려가는 길은 산 위에 산이 있고, 산 밑에 산이 있다.

높은 산은 구름에 잠기고, 길옆은 대나무밭과 야자밭이다.

자이 역에는 5시 40분 도착한다.

14. 코스를 잘 선택해야 힘이 덜 든다.

야자 나무들

타이중 / 일월담 / 아리산

　6시 12분에 자강호를 타고 6시 56분 타이난(臺南 대남)에 도착한다. 자이-타이난 차비는 135元(우리 돈 5,500원 정도)이다.

　이 역에서 18분 거리에 우리가 예약해 놓은 페이머스 호텔이 있다.

　호텔에 들기 전에 저녁을 먹고 가야 하니 호텔까지 걸으며 음식점을 살핀다.

　먹을 곳을 찾다가 결국 들어간 곳은 분식집이다. 에이~.

　온 몸에 땀범벅이다.

　호텔에 들어서자 찬물로 샤워를 한다.

　아무래도 저녁이 든든하지 못한 거 같아 과일을 사러 밖으로 다시 나온다.

타이난의 교회

14. 코스를 잘 선택해야 힘이 덜 든다.

밖으로 나오니 호텔 바로 옆에 옛집이 있다.

표지판을 보니 진덕취당(陳德聚堂)이라 적혀 있고, 설명판을 보니 정성공이 살던 집이라고 한다.

묻고 물어 세븐-일레븐을 찾아가다보니, 수박, 파파야 등을 썰어서 파는 가게들이 나온다.

세븐-일레븐에서 금문고량주 작은 거(150元: 6,000원)를 하나 사고, 호텔로 돌아오는 길의 과일가게에서 수박과, 파파야 등을 산다.

주내가 좋아할 것이다.

호텔로 돌아와 과일을 내 놓았으나, 주내는 이를 닦았다며 안 먹겠다 한다.

왜 이리 청개구리인지?

칭찬을 들을 거라 했는데, 칭찬은커녕 핀잔(?)만 듣는다.

내가 이러며 산다. 어휴~.

혼자서 꾸역꾸역 먹다먹다 결국 냉장고에 남겨 두고 침대로 기어들어간다.

15. 여기가 아닝게벼!

2018년 5월 3일(목)

11시 페이머스 호텔에서 체크아웃하고, 이 선생이 예약해 놓은 리도우 호텔로 가 방을 보니 담배 쩐 냄새가 지독하다.

방을 바꿔달라고 하자 방을 보여 주는데, 담배 냄새는 안 나지만, 요상한 꿉꿉한 냄새가 난다.

그래도 이게 낫다 싶어 방을 바꾸려하는데 돈을 더 내라 한다.

취소하고 다른 호텔로 가고 싶으나 참는다.

어차피 내가 이 선생에게 부탁한 것이어서, 이 선생에게 폐가 될지도 모르겠다는 생각이 들었기 때문이다.

취소가 잘못 처리되면 이 선생 계좌에서 돈을 떼어갈지도 모른다.

인터넷으로 예약해 놓고 취소하게 되면 하루치 방값을 떼어간다는 협박은 아무리 생각해도 불공정한 것이라는 생각이 든다.

인터넷 앱에서 본 조건과 맞지 않거나 정작 방을 보니 마음에 안 드는 경우 소비자의 권리는 무시되는 까닭이다.

결국 이것도 여행이려니 하고, 오늘 하루만 꾹 참고 내일 이 호텔에서 벗어나자 싶어 그냥 머무르기로 한다.

밖으로 나와 점심을 먹으러 도소월(度小月)이라는 음식점으로 간다.

이 음식점은 단짜이멘(擔仔麵 담자면)이라는 국수와 굴 튀김, 갑오징어, 새우 롤 등 음식이 맛있다고 인터넷 여행기에서 꼭 가보라고 강력 추천하는 유명한 곳이다.

인터넷 지도에서 도소월을 찾아 놓고 가는 도중에 몇 군데 볼 만한

타이난: 적감루

유적지를 들리기로 했는데, 전화기 앱에서 가리키는 대로 가보니 츠칸러우(赤嵌樓 적감루) 옆이다.

적감루는 청나라에 쫓겨 대만으로 온 정청꿍(鄭成功 정성공: 명나라 부흥운동을 한 인물)이 1653년에 네덜란드인들이 세운 프로방시아 요새(Fort Provintia)를 점거하고 세운 누각이다.

일단 도소월에서 식사를 하려 앉았으나 아무래도 이상하다.

어제 인터넷에서 찾아본 도소월 사진은 문이 닫힌 실내던데 여긴 툭 터진 길가인 것이다.

아무래도 이 도소월이 그 도소월은 아닌 것 같다.

"여기가 아닝게벼!"

다시 인터넷을 검색하려는데, 마침 초롱 씨에게서 메세지가 왔다.

타이난

"어디세요?"

"도소월에 왔어요. 적감루 옆 도소월입니다."

"길가에 있는 도소월이에요?"

"예. 길가에 있는 도소월입니다."

"거기 아니에요. 대만국립문학박물관 부근이에요."

구글 앱을 뒤져보나, 앱에선 적감루 옆 도소월만 나온다.

그렇지만 분명 여긴 아니다.

어찌 되었든 여기까지 왔으니 적감루나 대충 둘러보고 가자.

50元을 내고 정원을 지나니, 건물 앞에는 청나라 때 만든 9개의 돌로 된 거북이 등 위에 비석들이 버티고 있다.

적감루는 해신묘(海神廟)와 문창각(文昌閣)이

적감루: 정성공 초상화

15. 여기가 아닝게벼!

적감루: 소원걸이

라는 두 채의 누각으로 이루어져 있는데, 해신묘에는 정성공의 초상화와 당시의 배 모형 등이 전시되어 있고, 밖으로 나오면 옛 요새의 잔해를 볼 수 있다.

문창각 안에는 작은 제단이 꾸며져 있고, 그 안에는 험악한 인상의 동상이 손에 붓을 들고 있다.

아마도 이 분이 그 유명한 과거의 신인 쿠이싱 신인 모양이다.

쿠이싱 신은 한때 과거 시험에 낙방한 인간이었는데 그것이 한이 되어 죽은 후에 학업과 직업적 성취를 주관하는 신이 되었다는 가슴 아픈 전설이 있다.

그래서 사람들은 이 신 앞에서 진지한 마음으로 공손하게 "이번 시험에 꼭 붙게 해주세요."라고 기도를 한다. 그리고는 그 소원을 적은 쪽

타이난

지를 그 앞에 있는 소원걸이에 걸어 놓는다. 어떤 사람은 수험표도 함께 걸어 붙여 놓는다.

또한 적감루에는, 잘 찾아보면, 다리가 잘린 돌로 된 말, 곧 단족석마(斷足石馬)를 볼 수 있다.

이 말은 원래부터 다리가 없었던 건 아니라고 한다.

전설에 의하면 이 말은 밤만 되면 백성들을 괴롭히는 취미가 있었다는데, 나중에 벌을 받아 다리가 잘렸다고 한다.

물론 다리가 잘린 이후에는 그 고약한 취미가 없어졌다고 한다.

허긴 다리가 잘렸는데, 돌아다닐 수가 있겠능감? 취미고 뭐고 일단 움직여야 가능항께.

한편 다시 바깥으로 나오면 여기에는 네델란드 인으로부터 항복 문

적감루: 네델란드인으로부터 항복 받는 정성공 씨

15. 여기가 아닝게벼!

서를 받는 정성공의 위엄 있는 모습이 돌로 조각되어 있다.

사실 적감루는 대만에서 가장 오래된 유적이고, 의미 있는 건물이라지만, 우리 눈에는 그저 그렇다.

여기에서 나와 일단 전화기 구글 지도에 대만국립문학박물관을 치고 대만국립문학박물관으로 간다.

그 부근에서 물어볼 참이다.

지도에 표시된 박물관 옆의 음식점을 클릭해보니 도소월담자면원시점본포(台南度小月擔仔麵原始店本舖)라 나와 있다.

옳다. 이곳이로구나!

그러니 구글 지도에서 타이난 도소월이라 치면 여기가 안 나오고 적감루 옆 허름한 길거리에서 먹는 도소월이 나오는 거다.

대만국립문학박물관: 조각

타이난

106

여기 단짜이멘 먹으러 오시는 분들, 반드시 문학박물관 옆의 본점으로 가셔야 한다.

뭐, 먹성 좋으신 분들은 그냥 적감루 옆의 도소월에서 드시는 것도 괜찮겠다. 소득 평준화를 위해서!

대만국립문학박물관에는 돌로 된 조각이 눈길을 끈다.

바로 이 돌로 된 조각의 길 건너편에 도소월이 있다.

적감루 옆 도소월도 도소월(짝퉁)이겠지만 음식 평도 5점 만점에 2.7밖에 안 된다.

여하튼 도소월 본점에서 세트 메뉴 320元. 굴튀김 150元, 캔맥주 60元을 시켜 먹는다.

잘 먹긴 했는데, 그렇다고 해서 전라도 맛집처럼 맛있지는 않다.

15. 여기가 아닝게벼!

16. 타이완에서 제일 오래된 문묘

2018년 5월 3일(목)

먹고 나서 보니, 지도를 보니 꿍쯔먀오(孔子廟 공자묘)가 가깝다.

공자님을 만나러 공자묘로 가려고 길을 나서는데, 오른쪽으로 정청꿍조묘(鄭成功祖廟 정성공조묘)가 보인다.

가는 길이니 들리지 않을 수 없다.

근데, 정성공조묘이니, 정성공의 할아버지 묘인가? 아니면 단군할아버지가 단군의 할아버지가 아닌 것처럼 정성공할아버지 묘인가?

헷갈린다.

정성공할아버지사당이라고 쓴 현판 아래 이 사당을 세운 연유가 쓰

삼관묘

타이난

정성공조묘

여 있어 읽어보니, 명나라 영력 16년 5월에 39세의 나이로 죽었다는 말이 나온다. 그리고 정성공을 칭찬하는 말들이 주절이 주절이 계속된다.

정성공의 사당이 맞다.

바로 맞은편에는 청나라 건륭제 때인 1778년 세워진 삼관묘(三官廟)가 있다.

삼관묘는 삼관대제(三官大帝)를 신으로 모시는 절이다.

삼관대제란 천관(天官), 지관(地官), 수관(水官)을 말하는데, 하늘의 신인 천관의 정식 명칭은 자미대제(紫微大帝)이며 인간 세상에 복을 내리는 분이고, 지관은 청허대제(淸虛大帝)인데 인간의 죄를 용서해주는 신이고, 수관은 동음대제(洞陰大帝)이며 액(厄)을 해결해준다. 곧 운수 사납게 생긴 문제를 해결해주는 신이다.

16. 타이완에서 제일 오래된 문묘

삼관대제를 모시는 풍습은 아주 먼 옛날 그러니까 상고시대(上古時代) 하늘에 제사를 드리던 제천 행사에서 유래한 민간신앙이다.

삼관묘 한 가운데에는 세 분의 삼관대제가 있고, 좌우 감실(龕室)에는 사복재신(賜福財神)과 천의진인(天醫眞人)이 있다. 삼관대제와 함께 재물과 건강을 주는 신을 모시는 절인 셈이다.

삼관묘에서 나와 하야시백화점을 지나 공자묘로 간다.

하야시백화점은 린바이훠(林百貨)라고도 부르는 곳인데, 일제시대 임방일이라는 일본인이 세웠다는 백화점이다.

임방일의 성인 임(林)을 일본말로는 하야시라 하여 하야시백화점이라 한다.

매우 오래된 건물이기에 타이난시에서는 이 건물을 1998년에 고적(古蹟)으로 지정하였다고 한다.

백화점에 들어가 보니 그리 넓지

하야시 백화점

타이난

공자묘 사당

않은 방 안에 기념품, 과자, 대만 쌀, 커피세트 등등의 잡화를 팔고 있는데, 우선 시원해서 좋다.

저쪽으로는 이층으로 올라가는 계단이 보이는데, 안 올라간다.

왜 안 올라가냐구?

물어볼 걸 물어야지. 다리도 아프고, 올라가봐야 돈만 쓰이지 뭐!

땀을 식혔으니 공자님을 뵈러 간다.

꽁쯔먀오(孔子廟 공자묘)로 들어가는 문에는 최고의 학교라는 뜻의 전대수학(全臺首學)이라는 현판이 달려 있다. 최고의 학교답게 이곳에서 수많은 고급 인재를 배출하였다고 한다.

공자묘는 1667년에 세운 것으로서 타이완 문묘 중 가장 오래된 것으로서. 이 사당에는 공자와 72제자, 150명의 현인 등을 모시고 있다

매년, 9월 28일 공자탄신일에는 성대한 제전이 이곳에서 거행된다고
한다.

공자묘 회랑 안에는 옛 사당을 부수고 새로 지을 때 발견된 유물들
과 제사지낼 때 쓰던 악기 따위가 진열되어 있다.

공자묘는 공원으로 꾸며져 있는데, 그 안으로 들어가 보니 명륜당이
있다.

명륜당은 17세기부터 유학을 배우는 대학인 셈이다. 곧, 우리나라의
조선 시대의 서원과
같은 곳이라고 보면
된다.

명륜당이라는 현
판 글씨는 원나라
때 명필인 조맹부의
글씨를 서각한 것이
라 한다.

명륜당 한 가운
데에는 대학의 도에
관해 조맹부가 쓴
글이 있고, 좌우에
는 충(忠), 절(節),
효(孝), 의(義)라는
큰 글씨가 있다.

효자사(孝子祠)

공자묘: 명륜당

타이난

절효사(節孝祠)라는
현판이 걸린 방에는
효자와 충절을 다한
사람들을 기리는 신
위가 모셔져 있고,
그 옛날 이곳에서
공부하던 서생들이
거닐던 반지(泮池)라
는 못에는 자라들이
한가롭다.

공자묘: 효자사 절효사

중국에선 사람을
자라에 비유하면 큰
욕이 되는 데에도
불구하고 이 신성한
반지에 웬 자라가
이리 많은고?

자라가 욕이 되
는 까닭은 자라를 왕빠(wángba)라고 하는데, 대표적인 중국 욕으로 왕빠
단[王八蛋 왕팔단 wángbadàn)이라는 욕이 있기 때문이다. 요건 그러니까
'자라(wángba)의 알'이라는 의미인데, 의역하면 '자라새끼' 정도가 된다.

자라 새끼가 왜 심한 욕설이 될까?

그건, 중국에선 자라가 매우 음탕하고 상대를 가릴 줄 몰라 제 어미
와도 교미를 한다는 속설이 있기 때문이다.

16. 타이완에서 제일 오래된 문묘

그런데 이런 자라가 왜 '학교의 못'이라는 반지(泮池)에 이리 많은고? 정말로 진실로 그것이 알고 싶다.

여기에서 자라 구경을 할 때에는 손을 물리지 않도록 주의하여야 한다.

자라는 무는 힘이 세서 한 번 물리면 그 고통이 죽을 때까지 잊혀지지 않는다고 한다. 오죽하면 "자라보고 놀란 가슴 솥뚜껑보고 놀란다." 는 속담이 생겨났을까!

그렇지만 물린다면 어찌해야 하나?

간혹, 천둥소리를 내면 자라가 놀래서 물은 손을 놓고 도망간다는 말이 있으나 전혀 그렇지 않다. 천둥소리를 내도 꿈쩍 않는다.

요런 때는 아픔을 참고 물속에 자라를 넣어주면 물은 걸 놓고 얼른 물속으로 도망간다고 하니 참조할 일이다.

우찌되었든, 이 공원의 한 가운데에 있는 건물로 가 보자. 여기에선 들어갈 때 돈을 받는다.

이 건물이 무엇이기에 돈을 받는고?

그건 이 건물에 공자님의 신위(神位)가 모셔져 있기 때문이라는데, 공자님이 생전에 돈 좋아하신다는 말은 못 들었는디……

여하튼 이 건물 안에는 공자님의 신위가 모셔져 있고, 그 위에는 만세사표(萬歲師表: 영원히 모범이 될 만한 스승), 사문재자(斯文在玆: 유학 儒學이 여기에 있다는 뜻) 등의 현판이 몇 개 붙어 있다.

그 가운데 제일 위에 가장 크게 붙어 있는 현판이 생민미유(生民未有)라는 현판이다.

요 말은 맹자님이 "아직껏 공자와 같은 분이 없다."며 공자를 성인 중의 성인으로 칭송한 말이다.

타이난

17. 여기도 정성공, 저기도 정성공

2018년 5월 3일(목)

공자묘 정문 앞 맞은편 길은 카페 골목인데, 그 안엔 도교 사원 영화궁(永華宮)이 있다.

카페 골목은 고즈넉하니 조용하다.

영화궁에 들린 다음 이제 옌핑쥔왕츠(延平郡王祠)로 간다.

이 사당은 연평군왕 정청꿍(鄭成功 정성공)을 모신 사당인데 그 규모가 매우 크다.

이 양반에 대해서 잠간 알아보자.

정성공은 무역을 하던 아버지 정지룽(鄭芝龍)이 일본 히라도(일본 규슈 북서쪽에 있는 섬)에 체류하면서 일본인 다가와 시치자에몬(田川七左衛門 전천칠좌아문)의 딸 타가와 마츠(田川松 전천송)와 동침하여 낳았는데, 중국 이름은 삼(森)이고, 일본 이름은 후쿠마쓰(福松 복송)였다.

이런 연유로 정성공은 대만뿐만 아니라 일본에서도 유명인사라 한다. 곧, 최초로 대만을 정복하고 왕이 된 사람이 일본인 핏줄을 이어받은 인물이라며 일본 사람들은 정성공을 사랑하고 자랑한다. 예컨대, 그가 태어난 히라도에도 정성공의 동상이 있다.

어찌되었든 일본에 살던 정성공은 7살 때 중국으로 오게 된다(엄마는 다른 일본 남자와 살고 있어서 못 왔다). 곧, 아버지 정지룽이 무역을 하면서 군대를 키워 복건성 일대의 해적들을 몰아내는 바람에 복건성 도독이 되었기 때문이다.

이때 이름을 성공(成功)으로 바꾸었고, 15세가 되던 해 태학에 들어가 유학을 공부했다.

1645년 이자성의 난으로 명이 멸망하자, 반정복명(反淸復明)에 앞장
선 이가 정성공이었고, 이때, 남명(南明)의 융무제가 기특하게 생각하여
국성(國姓)인 주(朱)씨 성을 하사하였기에 이 이후부터는 국성야(國姓爺:
여기에서 '야(爺)'란 남자의 존칭임)로 불리게 되었다.

당시 대만을 점령하고 있던 네델란드 인들은 정성공을 '콕싱아
(Koxinga)'라고 불렀고, 일본인들은 '고쿠센야'라고 불렀는데, 이들은 모
두 '국성야'의 민남어(閩南語)식 발음에서 유래한 것이다.

어찌되었든 정성공 씨는 샤먼 섬에 본부를 두고 대륙회복을 위해 열
심히 싸웠으나, 결국은 실패하고 당시 네델란드 인이 지배하던 타이완으
로 돌격하여 야들을 몰아내고 이 섬을 점령하였다.

연평군왕사 공원 안의 부도

타이난

연평군왕사 공원

타이완 점령 후, 고산족과 융화정책을 펴고 타이완을 다스리다가 1662년 5월 8일(음력) 39세의 나이로 갑작스럽게 죽었다.

그래서 타이완 정씨의 시조가 된 것이다.

청나라는 이런 정성공이 괘씸함에도 불구하고, 융화정책의 일환으로 정성공에게 연평무왕(延平武王)이라는 시호를 내렸다 한다. 참고로 왕위를 이어받은 그 아들 정경(鄭經)은 연평문왕((延平文王)이다.

중국은 중국에 귀속된 대만을 중국의 일개 군인 연평군으로 부른다. 그래서 대만의 왕을 연평군왕이라고 부른다.

대만에선 연평군왕 정성공이 가장 유명한 인물이다. 여기도 정성공, 저기도 정성공이다.

그만큼 대만에서 정성공은 영웅이고 인물이다.

17. 여기도 정성공, 저기도 정성공

비록 대륙에서는 명나라 부흥운동을 성공하지 못하고 대만으로 도망왔으나, 당시 지배하던 네델란드 인들을 몰아내는 데에는 성공한 정성공이니까.

결국은 이름 그대로 성공하긴 했다. 대만의 영웅이 되었으니.

이름을 잘 지어서 성공했나?

그렇지만 이는 한족들이 대만을 정복하고는 네델란드 인들을 쫓아낸 영웅으로 미화시킨 것일 뿐, 대만에서 살던 원주민 입장에서는 네델란드 인 대신 한족이 들어와 지배층만 바뀐 것일 뿐, 억울하긴 마찬가지일 것이다.

그렇지만 그게 역사인 걸.

결국 대만의 원주민들은 한족과 융화되어 살 수밖에 없는 것이다.

연평군왕 정성공

타이난

각설하고, 연평군왕사는 주변이 공원인데 참으로 아름답게 꾸며져 있다. 가운데에는 못이 있고 못을 가로지르는 다리가 무지개처럼 걸려 있고, 못 안에는 용이 물을 뿜고 있는 조각이 있다.

요 공원에는 정성공의 말 탄 모습이 있다.

사당 안에는 명연평왕(明延平王)이라는 현액 밑에 정성공이 자리하고 있고, 좌우로 길게 늘어선 회랑 속의 방에는 당시에 쓰던 물건, 가마 따위의 유물들이 전시되어 있다.

연평군왕사 안에는 정성공이 손수 심었다는 매화나무가 있다.

밖으로 나오면, 현대식 건물에 정성공문물관이라는 이름이 붙어 있다.

다리도 피곤하지만, 들어가 보자.

들어가니 직원이 이제 10분밖에 안 남았다며 빨리 보라고 한다. 벌써 5시 가까이 된 것이다.

들어가서 대충대충 둘러본다.

시원한 에어컨 바람을 쐬면서 족자에 그려놓은 가마를 들고 행진하는 그림과 석의경(태조)화상(石義卿(太祖)畵像)이라는 초상화 등등을 둘러보고 10분 안에 나온다.

그리고는 연평군왕사 앞의 임수부인묘(臨水夫人廟)로 간다.

임수부인은 여성과 어린이를 보호해 주는 신으로 알려져 있는데, 이름은 첸징구(陳靖姑 진정고)이다.

도교에서 순천성모(順天聖母)라고도 부르는 임수부인은 임산부를 보호하는 신이다. 곧, 난산하는 산모를 구하는 신이기도 하고 유산을 하지 않도록 도와주는 신이기도 하다.

17. 여기도 정성공, 저기도 정성공

이 분은 복건성에서 767년 음력 1월 14일에 태어났고, 어느 정도 나이가 들자 여느 여자들처럼 결혼을 하고, 24세가 되던 해에 아이를 갖게 되었다고 한다.

아이를 낳을 무렵 복건성 일대에 가뭄이 들어 농작물이 말라죽고 사람들은 먹을 것이 없을 정도로 궁핍하게 되자, 이 분은 열심히 비 오기를 기도했다고 한다.

기도의 효험 때문인지 마침내 비가 내리기 시작했지만, 기도하다가 과로한 나머지 결국 애도 떨어졌고., 그녀 역시 그만 죽고 말았다.

이 분은 죽으면서 "저는 죽은 다음 신이 되어 아이를 낳는 여인들을 도와주겠다."라는 고상한 유언을 남기고 임산부를 보호하는 신이 되었다.

들리는 바에 의하면, 어느 여성이 임신 17개월이 되어도 아기가 나

임수부인묘

타이난

임수부인묘의 벽 장식

오지 않자 이 분에게 기도를 드렸더니 몸속에서 살아 있는 뱀이 수백 마리가 튀어나왔다는 이야기가 있다 한다.

이후 임수부인을 추종하는 사람들은 현재 세계 각지에 1억 명 이상이 된다고 한다.

신도 수만 본다면 벌써 세계적인 종교가 된 셈이다.

묘의 앞에 있는 돌로 된 향로가 근사하다.

사당 안에는 임수부인이 두 시녀를 옆에 세워놓고 화려한 옷을 입고 앉아 있다.

사당 안 풍경은 주인공이 누구인지를 빼 놓고는 대부분 비슷비슷하다.

이 사당의 벽에 붙어 있는 용머리를 밟고 서 있는 분은 누구신가?

17. 여기도 정성공, 저기도 정성공

이 분도 임수부인인가?

궁금증을 뒤로 하고 우페이먀오(五妃廟 오비묘)로 갔으나 벌써 문이 닫혀 있다.

그냥 열어 놓지 않구! 에이~. 아직두 날이 밝은디······.

오비묘는 명이 멸망하자 왕족인 영정왕(寧靖王)이 이곳에서 명의 부흥을 꾀했으나, 도저히 그것이 안 될 것을 알고는 자살을 하려 했는데, 이를 미리 안 5명의 왕비들이 무척 슬퍼하며,

"임금님이 가시면 우리는 우째 사노?"

하면서 차례로 목숨을 끊었고 뒤이어 왕도 자살하고 말았다 한다.

이런 슬픈 왕비들을 위해 지은 사당인데, 이를 못 보고 발길을 돌려야 하다니 조금 섭하긴

임수부인묘의 향로

하다. 더욱이 이 사당 뒤에는 왕비들의 무덤이 있다는데…….

영정왕이나 다섯 왕비들의 삶도 참으로 고달프고 애달프긴 하다.

그렇지만 임수부인처럼 고귀한 소원을 가지지 못한 채, 그저 기득권에 연연하다 자기 목숨을 끊었다니 그저 안타깝고 불쌍할 뿐이다.

본디 지 것이 아니었는데, 지 것이라는 집착에 얽매어 소중한 목숨을 끊다니!

영정왕이나 다섯 왕비는 참으로 어리석고도 불쌍한 사람들 아닌가!

명복을 빌며 밖에서 사진만 찍고 발길을 돌린다.

오비묘 정문 앞에 한국 음식점이 있다.

그렇지만 들어가고픈 마음은 없다.

마침 이 선생으로부터 전화가 온다. 같이 저녁 먹으러 가잔다. 대만 가정식 백반을 먹으러 가잔다.

간 곳은 적감담자면이라는 음식점이다.

저녁을 먹은 후, 이 선생 부부는 야시장으로 가고 우린 호텔로 돌아와 샤워를 하고 잔다.

17. 여기도 정성공, 저기도 정성공

18. 대만인들의 민간신앙

담배 냄새 나는 호텔임에도 아침 식사는 괜찮다. 음식 만드는 아주머니가 참 친절하다. 프런트에 있는 친구들과는 종자가 다르다.

호텔에서 나와 타이난 기차역까지는 10분이 안 걸린다.

역으로 가는 도중 관음상을 모신 절이 있다. 대관음정(大觀音亭) 흥제궁(興濟宮)이다.

어제 밤에 보았던 등불은 여기에서 단 것이구나.

흥제궁 바깥은 보수 작업이 한창이다.

안을 잠간 들여다보고 역으로 향한다.

대관음정 흥제궁 앞 등

가오슝 / 불타기념관 / 월세계

쭈오잉 기차역

타이난 기차역에서 가오슝 가는 9시 58분인가 하는 로칼 트레인을 탄다. 가오슝 역까지는 50분 정도 걸린다.

이 기차는 이지카드를 입장할 때 대고 타면 된다. 물론 내려서 나올 때에도 대고 나와야 한다.

이런 때는 이지카드가 이지(easy)하다.

그러나 버스 탈 때는 록이 걸려 안 된다.

어디서 왜 록이 걸렸는지는 나두 모른다. 주내 카드 역시 마찬가지다.

이걸 풀어야 하는디…….

세븐-일레븐에서도 사용은 되지만 록은 안 풀린다. 버스터미널에서 풀어달라고 해 보라는데…….

18. 중국인들의 민간신앙

타이완은 기차가 정말 잘 발달되어 있다. 완행, 급행 등이 자주 있다. 미리 예약 안 해도 그냥 역에 가면 편리하게 기차를 탈 수 있다.

그런데 잘못 내렸다. 쭈오잉(좌영 左營)역에서 MRT가 연결되는 줄 알았으나, 신쭈오잉(新左營)역에서 연결된단다.

다시 11시 16분 가오슝 가는 완행열차(local train)를 기다렸다 탄다.

가오슝(高雄 고웅)에는 11시 반이 안 되어 도착한다.

가오슝은 인구가 270만 정도 되는 타이완 제 2의 도시이다. 항구도 있고, 부산과 비슷한 느낌이 든다.

전철(MRT)을 타고 옌청역(鹽埕驛)으로 가, 전화기의 구글 앱을 이용하여 예약해 놓은 사이안레인(청우행관 靑雨行館) 호텔로 간다.

기차(완행) 안

문무성전

호텔은 지금까지 대만에서 자본 호텔 중에 최고다. 직원은 친절하고 무엇보다도 깨끗하고 시설이 좋다.

호텔에선 오늘 오후 3시 넘어 체크인해야 한다고 한다. 짐을 맡기고, 소책자에 맛집으로 소개된 약밥을 먹으러 간다.

약밥집을 찾는 동안 여러 개의 사당을 만난다.

대만에는 사당들이 많기도 하다.

관우나 공자를 모시는 사당도 있고, 마조(媽祖)를 모시는 사당도 있고, 관음보살을 모시는 사당도 있고, 정성공을 모시는 사당도 있고, 삼산국왕을 모시는 사당도 있고, 옥황상제를 모시는 사당도 있고, 현천상제 (玄天上帝)를 모시는 사당도 있고, 토지공을 모시는 사당도 있다.

여하튼 민간 신앙의 대상이 되는 자연이나, 인물을 모신 사당들이 많다.

참고로 마조(媽祖)는 천상성모(天上聖母)라 부르는 항해를 수호하는 바다의 여신이다.

임씨 집안에서 마조의 엄마가 관세음보살로부터 받은 우담바라 꽃을 먹은 후 태어났다는데, 태어날 때 울지를 않아 묵(默)이라는 이름을 지었다고 한다.

어릴 때부터 총기가 있어 병을 치유하거나 예언하는 능력이 있었다.

어느 날 네 명의 오빠가 고기잡이를 나갔는데, 마조는 베를 짜다가 잠이 들었다고 한다.

엄마가 마조를 깨우자, 마조 왈, "풍랑이 일어 오빠들을 구하는데, 엄마가 너무 일찍 깨워 큰 오빠를 구하지 못했다."고 울며 말했다 한다. 그 날 큰 아들은 바다에서 실종되고 셋만 바다에서 살아왔다고 한다.

이후 약을 만들어 사람들을 치료하고, 마을 사람들이 바다에 빠지면 구해주고 하였는데, 28세에 난파선의 선원을 구하다 익사하여 항해를 수호하는 신이 되었다.

그 뒤부터 마을 사람들이 사당을 짓고 마조를 경배하기 시작했다고 한다. 이후 마조는 재신으로서 숭배되기도 한다.

한편 현지인들이 산산귀왕이라 부르는 삼산국왕(三山國王)은 광동 사람들의 수호신으로서 주신인 진산, 밍산, 두산 등 3개 산신을 모시는 사당이다.

남송 말기에 송나라 황제가 원나라 군사가 쫓아오자 광동으로 도망갔는데 당시 그 지역에 있던 진산, 밍산, 두산의 산신령들이 나타나 구해주었기에 송나라 황제는 삼산국왕이라는 조칙을 내렸고, 그 때부터 현지 백성들이 이 사당을 세웠다는데, 당시 광동에 살던 객가(하카)족들이 타이완으로 오면서 대만에도 삼산국왕묘라는 사당이 유행하기 시작했다고 한다.

토지공은 타이완 사람들이 가장 많이 모시는 신이다. 따라서 그 사당도 제일 많다.

삼산국왕묘

토지공은 누구인가에 대해서는 주나라 때 관리였던 장복덕 씨라는 설도 있고, 묘지를 지키는 신이라는 설도 있다.

어쨌든 토지공은 인정 많고 착하고 사람 됨됨이가 훌륭한 사람이었다고 알고 있으면 된다.

토지공의 신상은 백발에 흰 수염이 난 미소 짓는 노인이다.

토지공은 본래 농민들이 모시던 신이었으나 지금은 점차 재물을 늘

려 주는 재신으로 바뀌었다.

원래는 농민들이 논밭 한가운데에 사당을 지어 놓고 농사 잘 되게 해 주십사 받들던 신이었으나, 세월이 바뀌어 부동산투기(?)가 늘어나 부자가 되자 재물신으로 둔갑한 거 아닌지 모르겠다.

워낙 돈을 좋아하는 사람들이 많아, 신들도 그 성격이 바뀌어 본래의 임무 이외에 재신(財神)으로서의 임무를 더 띠게 된 것이다.

이러한 민간 신앙은 그 시조나 교주가 없으며 경전도 없고, 종교 의식도 정해져 있지 않으며, 포교 활동도 하지 않는다. 그저 민간 신앙을 믿는 사람들이 개인과 가정의 부귀영화를 비는 곳이라 할 수 있다.

사람들이 이러한 사당에서 지전을 태우고, 향불을 피우고, 돈 벌게 해달라고 공손히 비는 것을 '빠이빠이"라고 한다.

타이완에서 볼 수 있는 00궁이나 00묘 같은 것은 대부분 엄격한 제례의식보다는 자신의 복을 비는 '빠이빠이'하는 곳이라고 보면 된다.

물론 정성스런 마음으로 음식, 과일, 술, 돈, 향, 맑은 물, 새 수건 같은 제물들을 준비하여 성대하게 이들 신들의 탄신일을 축하하며 제사를 지내는 것 역시 빠이빠이라고 한다.

빠이빠이할 때, 특히 큰 제례 때에는 빠이빠이하는 날 전후로 삼일 동안은 비린 것이나 누린 것을 먹지 않고 야채 중심으로 식사를 한다.

절 앞에는 큰 향로가 놓여 있고 몇 개의 기둥에는 용을 조각해 놓았으며, 절 앞 양쪽으로는 돈(지전)을 태우는 커다란 건물이 있는 것이 보통이다.

지전은 금박을 입힌 금지(金紙)와 은박을 입힌 은지(銀紙)로 나뉘는데, 사당에서는 보통 금지를 태운다. 이는 금을 신께 바치며 정성을 다

한다는 의미이다.

한편 은지는 보통 조상님께 제사 지낼 때나 장례식 때 노잣돈으로 쓰시라고 태우는 돈이다

이런 사당들은 현대식 빌딩 사이에 꽉 끼어 있기도 하다.

빌딩 사이에 꽉 끼어 있지 않더라도 어떤 사당이든 대만의 사당은 여유가 없다.

집은 옛 궁궐 형태로 지어놓고 지붕 위와 벽 등에 요란한 장식을 해 놓고, 본전도 요란하긴 마찬가지이나, 전혀 여백이 없다.

한마디로 말해 대만의 사원이나 사당은 요란하고 꽉 차 있을 뿐, 여유 공간이 전혀 없다는 것이 그 특징이다.

원래 야들(중국인들)의 문화가

지전을 태우는 건물

수산궁

그런 것 같다. 풍이 세고, 화려하고 요란하며, 꽉 채워야 직성이 풀리는 것이다.

중국은 요란으로 폼 잡는 나라다.

여유, 여백, 빈 공간의 활용이란 얘들에겐 전혀 없다.

우리나라는, 이에 비하여, 담백하고 간결하며 소박하고 주변과의 조화를 중시하는 문화이다.

건물뿐만 아니라, 그림도 마찬가지이다. 건물에 여유 공간이 있듯이 우리나라의 그림에는 여백이 한자리를 차지한다.

그렇지만 중국 그림은 전혀 그렇지 않다. 화선지가 아까워서 그러는지 꽉 채운다.

한마디로 중국인들은 크고, 화려하고, 복잡하고, 많은 것을 좋아한다.

여백의 미란 찾아볼 수 없다.

이 사당, 저 사당 등을 거치면서 지도를 보고 찾아간 약밥집은 글쎄……, 우선 에어컨도 없고, 별로 감동이 오지 않는다.

괜히 헤맸다 싶다.

생존을 위해 밥을 먹은 후, 전철을 타고 쭈오잉(좌영) 역으로 가서 버스를 타고 연지담이라는 호수로 간다.

19. 용의 입으로 들어가 범의 아가리로 나오다.

2018년 5월 4일(금)

연지담에 있는 공자묘로 가려면 쮸오잉 역에서 약 600m 정도 밖에 안 떨어져 있어 걸어가도 되겠으나, 워낙 바깥이 덥기 때문에 그냥 버스를 탄다.

버스를 타고 공자묘 근처에서 내릴까 하다가 마음이 바뀌었다. 시원한 김에 그냥 연지담에서 제일 가까운 곳에서 내리는 것으로!

사람 마음이란 상황에 따라 이렇게 바뀌는 것이다.

제법 가다가 내린 곳은 옛 성(城)이 있던 곳으로 성벽만 남아 있는 곳이다.

용호탑

가오슝 / 불타기념관 / 월세계

호탑 위에서 본 지붕 위의 범과 구곡교

여기에서 조금 가니 용호탑이 보인다.

이 탑은 두 개의 탑인데, 입구에 하나는 용을, 하나는 범을 만들어 놓고, 그 속으로 들어가야 탑에 다가갈 수 있다.

이 탑으로 가는 길은 다리가 지그재그로 연결되어 있는데, 이를 아홉 구비의 다리라 하여 구곡교(九曲橋)라 부른다.

요 다리 밑으로는 연꽃들이 피어 있다.

연지담이 우리말로 연꽃못인 것처럼 연꽃이 많이 피어 있다.

용의 입으로 들어가 호랑이 입으로 나오면 화를 피하고 행운이 온다는 속설이 있다.

일단 용의 입으로 들어간다.

동굴처럼 되어 있는 입 안 좌우에는 인생에 유익한 교훈을 주는 이

19. 용의 입으로 들어가 범의 아가리로 나오다.

야기들이 도자기로 채색되어 우리를 기다리고 있다. 예컨대, 중국에서 유명한 24명의 효자들의 효행을 보여주는 것과, 착한 사람과 나쁜 사람의 인생을 비교하면서 그 끝에 천당과 지옥의 광경을 보여주는 것 등이 그러하다.

요런 것만 하나하나 뜯어보다간 하루가 다 갈 것이다.

대충 보면서 구불구불한 용의 뱃속을 지나니 탑이 나오는데, 요게 용탑이다. 옆으로 이어져 있는 것이 호탑인데, 둘 다 같은 양식으로 지은 것이니 둘 다 올라갈 필요는 없을 것 같다.

호탑에도 오르긴 했으나, 삼층인가까지 가다가 만다.

올라가 봐야 양파 까는 거나 다름없지 뭐!

물론 꼭대기에 오르면 360

용호탑 지킴이

도 돌아가며 연지담을 전망할 수 있을 테지만, 그건 뭐 삼층에서도 빙 돌아가며 볼 수 있을 테니…….

이층, 삼층으로 오르면서 벽에 붙어 있는 재미있는 그림이나 글씨들이 있어 이를 감상한다.

더 올라가도 볼 수 있는 그림들이 더 있을지는 모르지만, 그보다는 내 무릎이 더 중요하다.

다시 범의 뱃속을 통과하여 범의 아가리로 나온다.

역시 범의 뱃속에도 신화에 나오는 인물들과 동물들을 도자기로 구워 채색하여 붙여 놓아 우리의 상상을 자극한다.

대부분의 사람들은 범의 아가리에서 증명사진을 찍는다. 그래야 화를 피하고 행운이 온다고 믿는 듯하다.

춘추어각: 용을 타신 분은 뉘신지?

19. 용의 입으로 들어가 범의 아가리로 나오다.

춘추어각: 용의 뱃속

꼭 이걸 믿어서는 아니지만, 나두 사진을 한 장 찍는다.

행운이 오지 않고 화(禍)가 미치려고 하면 얼른 이 증명사진을 보여주면 혹시 알아? 화가 이 사진을 피해서 달아날지…….

여기에서 200미터쯤 떨어진 곳에 춘추어각(春秋御閣)이라는 역시 두 개의 누각식 정자가 있다.

이 정자들 사이에는 커다란 용이 꿈틀거리고 있는데, 그 위에 뉘신지는 모르겠으나 세 분이 서서 용을 타고 있다.

나중에 알아보니, 이 춘추어각은 전신(戰神)인 관우에게 바친 누각이라고 한다.

그리고 용을 탄 조각은 용을 탄 관우가 구름 위로 나타나서는 요 모습을 보여주는 성상(聖像)을 만들라고 명해서서 그렇게 했다는데, 요 전

옥리정

설은, 글쎄, 믿을 수가 없다.

우선 세 분 중 누가 관우인지도 모르겠고—내 볼 때에는 세 분 다 관우는 아닌 듯하다--한 분이 관우라면 다른 두 분은 뉘신고? 다른 두 분에 관해서는 전설에서 이야기하지 않으니 믿을 수가 있겠는가?

궁금증을 뒤로하고 용의 아가리로 들어가 본다. 역시 용의 뱃속은 좌우로 찬란한 색깔의 이야기 거리가 도자기로 채색되어 있다.

이 용의 뱃속을 지나면 옥리정이라는 정자까지 갈 수 있다.

용의 꼬리에서 옥리정까지 이어져 있는 긴 나무다리는 신도(神道)라고 하여 원래 죽은 사람이 신계(神界)로 잘 갈 수 있도록 만든 다리라 하는데, 지금은 '좋은 연분이 있는 사람들이 함께 가는 길'이라는 뜻으로 그 의미가 변화되었다고 한다.

19. 용의 입으로 들어가 범의 아가리로 나오다.

어찌되었든 긴 다리 끝의 옥리정은 아름답고 고고하다.

굳이 거기까지 안 가더라도 사진에 옥리정을 담아 놓는 것은 좋은 추억이 될 것이다. 다리 주변의 연꽃과 옥리정, 그리고 저 너머로 보이는 현대식 빌딩 등이 어우러진 연지담을 볼 수 있다.

20. 백정이 현천상제가 되었다고?

2018년 5월 4일(금)

여기에서 계속 시간을 끌 수는 없다.

춘탑인지 추탑인지 저 너머로 어떤 분이 점잖게 앉아 계시기 때문이다.

누군지 궁금하지 않을 수 없다.

약 500미터쯤 떨어진 곳인데, 가보니 들어가는 큰 문 위에는 원제묘 북극정((元帝廟北極亭), 북극현천상제(北極玄天上帝)라는 현판이 달려 있다.

그러니까 이 신상은 원제(元帝)라 부르는 현천상제인 것이다.

원제묘: 현천상제

원제묘

전설에 따르면, 현천상제는 태양의 정기를 받아 정락국왕의 아내 신
승부인의 태내로 들어가 14개월 만에 태어났다는데, 어려서부터 총명해
공부를 잘 했고, 15세에 집을 나와 옥청성조자허원군이라는 신선을 만나
도를 전수받고 태화산에서 42년 동안 수행을 했다고 한다.

이를 눈여겨 본 옥황상제께서 불러들여 은나라 때 지상에 내려가 마
왕을 토벌하라는 명을 내렸는데, 이에 공을 세운 후 현천상제라는 칭호
를 받았다는 것이다.

이와는 또 다른 전설에 따르면, 원래 소 돼지 잡는 백정이었는데, 어
느 날 살생의 죄를 깨닫고 산에 들어가다가 출산 중이던 산모를 도와주
었다 한다.

이때 아기를 안은 관세음보살이 나타나 오물을 치우라 명하여 오물

142

을 치우고 있는데, 오물을 싼 자루에 현천상제라는 말이 나타나 관음보살을 돌아보니 관음보살은 사라지고 이 분은 그 즉시 신선이 되어 승천하였다고 한다.

또 다른 전설은 이와 비슷하나, 한 여인의 부탁으로 강물에서 쓰레기를 치우던 중에 물속에 현천상제라는 글자가 나타나 놀라 돌아보니 여인은 사라지고 없었다.

바로 그 순간 자신의 잘못을 깨닫고 자신의 배를 갈라 오장육부를 꺼내 강물에 깨끗이 씻은 뒤 죽었다 한다.

현천상제

이를 보고 옥황상제께서 그를 현천상제에 봉하고 지상에 남긴 오장육부와 발은 각각 거북과 뱀이 되었다는 전설이다.

현천의 현(玄)은 검은 색이고, 북쪽을 뜻하며, 북쪽을 지키는 수호신이 뱀과 거북의 튀기인 현무(玄武)이

20. 백정이 현천상제가 되었다고?

현천상제묘에서 본 옥리정과 용호탑

다.

　그래서인지 현천상제의 부장(副將)으로 뱀과 거북의 구사이장(龜蛇二將)이 현천상제를 경호하고 있다.

　현천상제묘에서 바라보는 옥리정과 용호탑의 모양이 근사하다.

　현천상제를 만나고 나오면서 보니 공터에서 인형극을 하고 있다.

　길 건너에는 화려하고도 큰 절이 하나 있다.

　구글 앱을 보니 호안사(護安寺)라는 절이다.

　들어가 봐야 비슷비슷하다고 생각하여 대충 보고 나온다.

　다시 쭈오잉 시장 역에서 219a번 버스를 타고 서자만으로 돌아온다.

　페리하는 배를 타고 바다를 건너 치진거리(旗津老街 기진노가)로 간다.

이 배는 밤 12시까지 수시로 있다.

이 섬에는 바닷쪽으로 가오슝(高雄) 등대가 유명하고 해산물 식당으로 유명하다.

배를 타고 좌우를 들러본다. 바닷바람이 시원하다. 벌써 해는 져서 어둑어둑하다.

치진 부두에 내려 해산물 식당으로 간다. 시간이 늦어 가오슝 등대 가는 것은 포기 하고 밥을 먹어야 한다.

일단 식당가를 돌아보면서 어느 식당에 손 님이 많은지를 관찰한다.

식당가를 지나 바닷가 가까이 가보니 야자 나무와 함께 공 원이 펼쳐 있고 바다가 보인다.

노점에서 오징어 구운 것을 하나 사 들고 일

치진공원의 조형물

20. 백정이 현천상제가 되었다고?

단 바닷가로 간다.

공원에는 봉황을 상징한 것인지 무엇인지 모르겠지만 날렵하고 멋진 조형물이 있다.

다시 식당 거리로 돌아가 그 중 사람이 많은 곳으로 들어간다.

대합 두 마리(150元)를 구워 달라 하고, 회 두 접시360元)와 조개 튀김(240元), 그리고 맥주 한 캔을 시킨다.

회는 우리나라 모듬회처럼 다양하지 않고 주로 연어와 참치라서 맛이 반감된다. 그러나 대합만큼은 맛이 있다.

비싼 저녁을 먹고 다시 페리를 타고 돌아온다.

그리고는 택시를 집어 타고 호텔로 돌아온다.

21. 우찌, 내 급한 성질은 알고?

2018년 5월 5일(토)

전철 타고 쭈오잉 전철역에서 내려 10시 10분 불타기념관으로 출발하는 쾌속 버스(70元)를 탄다.

가는 도중 좌우 산들이 수려하다. 곧 왼편으로 강이 보이더니 우회전하여 하루 평균 25,000명이 찾는 대만 최대의 관광지인 불광산불타기념관(佛光山佛陀紀念館)으로 들어선다.

이 불타기념관은 티베트 사원에서 부처님 진신사리를 모셔오면서 지은 것이라 한다.

정류장 뒤쪽으로는 불광(佛光)이란 큰 글자가 새겨진 긴 탑이 있고,

불타기념관 정문

불타기념관

그 옆으로 불타기념관의 정문이 세 개의 누각 아래 떡하니 자리 잡고 있다.

한편, 정류장에서 산 쪽으로, 곧 왼편으로는 불광산 불광사로 들어가는 큰 문이 있고, 앞 쪽으로는 해탈문과 함께 예경대청(禮敬大廳)이라는 큰 건물이 있다.

이 건물 앞 좌우에는 새끼 코끼리들을 거느린 흰 코끼리와 새끼 사자들을 거느린 누런 큰 사자가 배치되어 있다.

일단 다른 사람들이 가는 대로 따라가서 예경대청이라는 큰 건물로 들어간다.

이층으로 된 이 건물 안에는 광광안내소, 음식점, 기념품 파는 곳, 떡 파는 곳, 옷 파는 곳, 스타벅스 커피점 등등의 가게들이 좌우에 놓여

불타기념관 옥상 위 영축산

있다.

찹쌀떡을 몇 개 사서 맛보고 난 후, 이 건물을 통과하여 일단 부처님을 모셔놓은 기념관으로 향한다.

예경대청 건물을 나서니,

"우와, 크다."

일단 그 규모에 놀란다.

툭 터진 큰 광장 좌우에는 팔정도(불가에서 말하는 여덟 가지 바른 길: 正見, 正思, 正語, 正業, 正命, 正勤, 正念, 正定)를 상징하여 지은 여덟 개의 큰 탑들이 좌우에 네 개씩 도열되어 있고, 가운데 저 멀리에는 부처님 진신사리를 봉안한 커다란 본전 건물이 있다.

이 본전 위 한가운데에는 영축산을 본떠 만든 피라미드와 같은 형태

21. 우찌, 내 급한 성질은 알고?

의 건물 꼭대기에 주탑이 있고, 그 네 귀퉁이에는 사성탑(四聖塔)이라는 또 다른 하얀 탑들이 영축산을 호위하고 있으며, 그 뒤 건물인 불광루 (佛光樓) 건물 옥상 위에는 부처님 좌불상인 불광대불(佛光大佛)이 이쪽을 내려다보고 있다.

120m의 이 불광대불은 세계에서 제일 큰 좌불상으로 2011년 완성 된 것이다.

한마디로 대단하다.

탑 쪽에 있는 그늘진 회랑을 통해 걸으며 탑들마다 들려본다.

이 여덟 개의 탑들 앞은 잔디가 깔려 있고 탑 앞으로는 나무가 심어 져 있는데, 이파리들이 반짝반짝 마치 플라스틱 종이로 만든 잎사귀 같 이 반짝거린다.

불타기념관: 나무

불타기념관: 오화탑

불타기념관: 육도탑

21. 우찌, 내 급한 성질은 알고?

보리광장에 운집한 사람들

탑 하나 하나가 거대한 건물이어서 그 속에는 역시 그 탑의 이름에 맞추어 전시실이 있는 곳도 있고, 어떤 탑에는 예식장 같은 것도 있다.

슬슬 걸으면서 더위도 식힐 겸 탑마다 들어가 에어컨 바람을 쐬며 구경하고 계속 전진한다.

탑이 끝나는 곳 양쪽에는 고루와 종루가 있다.

본전 앞에는 보리광장((菩提廣場)이라는 거대한 광장이 있고, 그 좌우, 앞으로는 돌로 만든 18 나한을 위시하여 스님들과 보살들의 조각들이 자리 잡고 있다.

이 보리광장은 사방 100m라는데, 1m² 안에 한 명씩만 서 있어도 일만 명이 서 있을 수 있다.

실제로 법회할 때 찍어 놓은 본전 안에 걸려 있는 사진을 보면 십만

불타기념관: 관음전 앞 나무 조각품

부처님의 치아 사리

21. 우찌, 내 급한 성질은 알고?

에 가까운 사람들이 운집해 있는 것을 볼 수 있다.

본전으로 들어가려면 수행을 뜻하는 37계단을 올라야 한다.

본전에 들어서면, 정면에 보타 낙가산 관음전(普陀洛伽山觀音殿)이 있는데, 그 앞에는 커다란 나무에 수백 명의 부처님을 조각해 놓은 정교한 나무 조각이 있다.

이 조각만 봐도 감탄이 절로 인다.

그 뒤에 있는 관음전에는 관음보살이 모셔져 있으나, 촬영 금지이다.

관음전에서 나와 그 좌우를 구경하며 다른 방들을 구경한다.

옥불전은 옥으로, 금불전은 금으로 만든 법당이다.

여러 개의 큰 방이 관음전 좌우와 뒤로 배치되어 있어 방마다 볼거리들이 가득하다.

불타기념관: 금불전

가오슝 / 불타기념관 / 월세계

불타기념관: 옥불과 배추

21. 우찌, 내 급한 성질은 알고?

옥으로 만든 정교한 관음보살상도 대단하고, 그 밑에 나무를 배추 모양으로 조각해 놓은 것도 볼 만하다.

어떤 방에서는 자애유치원이라는 옛날 유치원에서 쓰던 자전거 등의 물건과 옛 사진들을 전시한 곳도 있고, 어떤 방은 큰 스님의 글씨를 전시한 곳도 있으며, 금부처를 모셔 놓은 곳도 있고, 배불뚝이 화상을 모셔 놓은 방도 있고, 사리함이나 불상 등 옛 불교 유물들을 전시해 놓은 방도 있다.

부처의 일생을 보여주는 4D영화관에서 땀을 식히며 관람을 하고 이층으로 올라간다.

이층에는 서예와 조각 작품들이 전시되어 있다.

나무에 새긴 조각 작품들뿐만 아니라 달걀껍질에 새긴 조각도 볼 만하다.

여기에서 볼 수 있는 조각의 섬세함과 아름다움은

불타기념관: 달걀 껍질 조각

가오슝 / 불타기념관 / 월세계

나무로 만든 조각

이루 말로 표현할 수가 없다.

삼 층으로 오르니 사성탑이 네 귀퉁이에 있고, 가운데는 마치 피라미드 같은 건물이 세워져 있다.

좌불상은 건너편 불광루 건물 옥상 위에 있다.

좌불상 밑은 초경각(抄經閣)으로 불경의 한 구절을 사경(寫經)하는 곳이다.

일단 사경하기 전에 점패를 하나 뽑아보라 한다.

뽑아보니 "참으라"는 괘기 나온다.

귀신이다! 우찌 내 성질 급한 건 알고!

이 괘에 있는 문장을 사경한다. 그리곤 기념품으로 가져가란다.

쉐쉐(謝謝)!

21. 우찌, 내 급한 성질은 알고?

시간은 벌써 두 시 가까이 되었으므로 밥부터 먹어야 한다.

예경대청의 식당으로 가, 댓잎에 싼 찹쌀밥과 만두를 시켜 먹는다.

밥을 먹으면서, 기념관 어디선가 본 글귀를 되새긴다.

"부처를 믿고, 가르침을 배우고, 부처처럼 행하면 그대도 부처가 되리라!"

22. 밑에서도 보고, 위에서도 보고

2018년 5월 5일(토)

밖은 더워도 더워도 무지무지하게 덥다.

포광스(佛光寺 불광사)도 구경해야 하는데, 그만 둘까? 햇볕이 너무 쨍쨍하다.

흐렸으면 좋겠는데…….

그렇지만 불광사도 봐야 한다. 여길 언제 또 오겠는가!

오늘이 토요일이라 그런가, 사람이 너무너무 많다.

책에 따르면, 불광사는 대만 불교의 총본산으로서 타이완 최대 불상인 높이 36m의 접인대불상(接引大佛像)을 비롯해 1만 5천 체(體)의 관음보살을 안치한 만물대비전(萬物大悲殿) 등 산 전체가 사원과 불교박물관, 불교대학, 집회장 등을 꾸며진 대형 불교문화단지이다.

불광사에는 800여 명의 비구니와 200여 명의 비구들을 비롯해 많은 대중들이 평등하게 공부하고 있다고 한다. 예컨대, 아침 예불에는 불자들도 가사를 입고 참여한다고 한다.

불광사는 불타기념관 왼쪽에 있다.

다시 땀을 흘리며 불광산이라 쓰인 큰 문을 지나 산을 오른다.

안내소에서 받은 지도를 펴 보니 지금 오르고 있는 곳은 장경루가 있는 법보산(法寶山)이다.

지도를 자세히 보니 불타기념관은 불보산(佛寶山)이고, 법보산 왼쪽편의 불광사 사찰이 있는 곳은 승보산(僧寶山)이라 나와 있다. 불가에서

법보산 화목기석구

귀히 여기는 세 가지 보물 곧, 불(佛 부처), 법(法 진리), 승(僧 스님)을 이 문화단지에 적용시킨 것이다.

불광대도(佛光大道)를 따라 산을 올라 장경루 쪽으로 이동한다.

법보광장이라는 광장이 나타나고 화목기석구(花木奇石區)라는 정원이 나타난다.

이 정원은 말 그대로 꽃과 나무, 그리고 기이한 돌들을 가져다 꾸며 놓은 정원이다.

어디서 구해 왔는지, 기이하게 생긴 커다란 돌들이 눈길을 끈다.

정원 저쪽으로는 불보산을 내려다볼 수 있는 전망대가 있다.

여기에서는 지금까지 돌아다녔던 예경대전과 8개의 거대한 팔정도탑과 기념관 본전과 불광루와 좌불상이 한 눈에 훤히 내려다보인다.

가오슝 / 불타기념관 / 월세계

불보산 전경

이것만 봐도 올라온 보람이 있다.

밑에서 꼼지락거리며 구경하는 것과 이처럼 위에서 새처럼 내려다보는 것은 느낌이 전혀 다르다.

세상 이치 역시 이처럼 밑에서도 보고 위에서도 보고, 그 다름을 인정하고 이 모든 것을 종합하여 궁구(窮究)하여야 하는 것일 게다.

얼마나 많은 학자들이 자기 고집만 세우는가? 다른 학자의 말은 보지 못하고, 아니 보지 않으려 하고, 자기만 옳다는 그릇된 신념으로 나무와 숲을 한꺼번에 보지 못하는 우(愚)를 범하고 있는가!

전망대에는 흰 옷에 삿갓을 쓴 이삼십 여 명의 사람들이 모여서 있다. 관광객인지 아니면 불도를 연구하는 사람들인지, 분명 아시아인도 있지만 백인들도 있다.

22. 밑에서도 보고, 위에서도 보고

법보산 전망대

법보산: 불타설법도

가오슝 / 불타기념관 / 월세계

법보광장 앞으로는 남북으로 두 개의 큰 탑이 세워져 있고 그 사이로 큰 벽이 가로막고 있는데, 부처님이 설법하는 그림[佛陀說法圖 불타설법도]이 돋을새김으로 새긴 위에 채색되어 있다.

오른쪽 탑으로 오르면서 장경루로 향한다.

장경루 앞에는 장경루로 들어서는 세 개의 지붕을 인 큰 문이 있다. 현판엔 자비문, 반야문, 보리문이라 적혀 있다.

그 문을 지나면 시교광장(時敎廣場)이라는 광장이 있고 그 뒤로 장경루라는 거대한 건물이 나타난다.

이 광장 좌우로는 향나무 등을 심어 놓은 잔디가 조성되어 있고 그 옆으로 회랑이 있다.

회랑은 그늘져 일단은 뙤약볕을 피하기 안성맞춤이다.

법보산 장경루 법당

22. 밑에서도 보고, 위에서도 보고

장경루에 들어서면 금불상을 모신 큰 법당이 있다.

장경루에서 나와 이제 다시 산을 조금씩 거슬러 오르면, 부처와 아기 중 들을 조각해 놓은 크지 않은 정원이 있고 그 뒤로 여러 채의 건물들이 앞을 막는다.

이 정원에는 스님들 조각이 많이 있는데, 그 사이에 커다란 장닭 조각이 눈에 띈

승보산 장닭

다. 왜 여기에 장닭 조각을 세워 놓았을까?

건물 가까이에는 용 위에 서 있는 흰 색의 커다란 보살상이 있다.

이 건물 들 가운데 제일 큰 건물이 여래전이고, 그 옆으로 건물 외벽을 감실처럼 파내고 부처님을 모셔 놓은 건물이 금불전이다.

여래전 오른쪽으로는 옥불전이 있고 그 맞은편으로 대웅보전이 있다.

옥불전은 염불 수행을 위한 전용공간이라서 들어가지 않고, 여래전으로 들어가 보니 여기는 스님들이나 불자들이 머물면서 교육받는 1인용 토굴식으로 만든 선정법당(禪淨法堂)이 있다.

164

승보산 선정법당

그리고 그 이층이던가 옆이던가 불광산종사관(佛光山宗史館)이 있어 들어가 보니 붉은 한지에 먹으로 쓴 성운(星雲) 스님의 글씨들이 액자에 들어 있다.

성운 스님은 "교육 사업으로 인재를 기르고, 문화 사업으로 부처님 법을 널리 펼치며, 자선 구제 사업으로 사회복지에 앞장서고, 수행으로 인심을 정화시켜야 한다."는 원력으로 1967년 까오슝(高雄)시에 불광산 사를 창건하신 분이다.

작은 법당 건물 하나로 시작해 현재 3,000여 명의 대중이 머무르고, 100만 명의 신도가 등록될 정도로 성장한 불광사를 보면 정말 대단하다 싶다.

글귀의 내용이 좋아 여기에 몇 개 옮겨본다.

22. 밑에서도 보고, 위에서도 보고

승보산 불광록미술관

춘도인향(春到人向) 상여환희(祥和歡喜): 봄이 와 사람에게 비추니, 상서로운 기운이 기쁨과 즐거움에 합쳐진다.

년경춘희(年慶春喜) 원만자재(圓滿自在): 일 년의 경사스런 봄의 기쁨은 세상에 가득하고 스스로 자유롭다

경진년경(庚辰年慶) 천희만복(千喜萬福): 경진년의 경사스러움이 천 가지 기쁨과 만 가지 복을 가져다주네.

글씨를 감상하고 나와 그 옆 건물인 불광록미술관(佛光綠美術館)으로 들어간다.

이제 그림 감상이다.

글씨와 그림을 감상했으니, 이제 대웅보전의 부처님을 뵈러 가야 한다.

23. 부처가 태워달라는데, 눈이 없구나!

2018년 5월 5일(토)

대웅보전 앞은 커다란 광장처럼 만든 성불대도(成佛大道)가 있고 오른쪽으로는 초경각이 있다.

대웅보전 법당 안엔 커다란 세 분의 금빛 부처님이 앉아 계신다. 곧, 가운데에 석가모니불을 중심으로 좌우에 아미타불과 약사여래불이 앉아 계신다.

불광산사 대웅보전 석가모니불

석가모니 부처님은 석굴암의 부처님을 닮았다.

이 부처상 좌우, 그리고 이 방의 좌우, 앞 벽면에는 수많은 감실을 만들어 놓고 그 안에도 부처님들을 모셔 놓았다. 모두 몇 분이신지는 모르겠다. 어찌되었든 대웅보전을 방문하는 하루 동안의 관광객 수보다는 많을 듯하다.

나중에 알아보
니 14,800분이란다.
부처님의 인구밀도가
가장 높은 곳이 아닌
가 생각한다.

저 많은 부처님의
법력으로 여기 방문
하시는 분들께 복을
내리시고, 화를 물리
치소서!

이 법당은 축구장
만한 크기로 1,000
여명이 동시에 법회
를 볼 수 있다고 한
다.

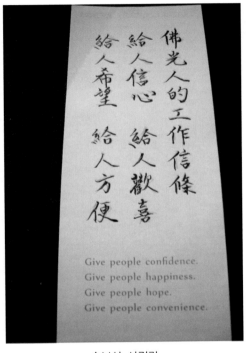

승보산 사경각

이제 초경각으로 들어선다.

여기에서도 마찬가지이다. 죽통에 있는 점괘를 뽑으니 사경하는 곳으
로 안내한다.

붓으로 글귀를 따라 적는다.

급인신심(給人信心), 급인환희(給人歡喜), 급인희망(給人希望), 급인방
편(給人方便). 사람들에게 믿음을 주고, 기쁨을 주고, 희망을 주고, 그 방
법을 알려주어라!

이거 역시 돌돌 말아 기념품으로 준다.

가오슝 / 불타기념관 / 월세계

불광산사 대웅보전

그리곤 나와서 회랑을 따라 산을 내려 간다.

저 앞에는 조산회관(朝山會館)이라는 건물이 나타나고, 그걸 지나면 불이문(不二門)이 나온다.

왼쪽으로 돌아 그 유명한 대불성(大佛城)으로 간다.

여기는 또 다시 언덕을 올라야 한다.

마침 골프장에서 쓰는 골프카 같은 것이 있고 노약자 장애인을 위해 사용한다는 팻말이 있어, 좀 태워 달라 하였더니, 안 된다 한다.

'고얀 것들, 부처가 태워달라는데, 눈이 없구나!'

경로사상이 없다는 것보다도 부처님을 몰라보는 그 눈이 더 야속하지만, 아직은 덜 깨인 중생이니 용서한다.

속으로 생각하고는. 투덜투덜 힘들게 언덕을 오른다.

23. 부처가 태워달라는데, 눈이 없구나!

승보산 대불성 아미타래 입상

가오슝 / 불타기념관 / 월세계

　　대불성으로 가는 길엔 금색 칠을 한 수많은 스님들이 좌우에 도열해 있다. 세어보진 않았지만 모두 420분이란다.

　　대불성 안은 법당으로 되어 있고, 밖은 이 건물 위에 그대로 키가 36m 되는 아미타불이 서 계신다.

　　대불성 안 법당에도 부처님들이 빽빽하다.

　　부처님 발가락 앞에는 역시 수많은 하얀 스님들이 도열해 있고, 발가락 밑, 그러니까 좌대(아니 부처님이 서 계시니 입대(立臺)라 해야 하나?)에는 빙 둘러서 보살들이 조각되어 있고, 보살상 위에는 작은 부처님들이 빙 둘러 조각되어 있다.

　　불상 앞으로는 저 멀리 지장전(地藏殿)이라는 정자가 보이고, 그곳까지 좌우에는 황금빛 스님들이 도열해 서 있다.

승보산 대불성 안

23. 부처가 태워달라는데, 눈이 없구나!

여기에서 보는 전망은 그저 소박하다.

그나저나 다시 버스 타는 곳으로 되돌아가야 하는데, 여길 내려가서 다시 오르막길로 올라가 다시 내려가야 한다.

내리락오르락하는 것이 싫어 지름길을 찾아 대불성 뒤로 돌아 살그머니 들어가보니 이곳은 스님들이 사는 곳이다.

우린 남이 안 보는 곳을 보는 것이 좋다.

승보산: 스님들 거소

특별 관광인 셈이다.

그렇지만 드디어 한 스님에게 발각된다.

"여기는 속인들이 들어오는 곳이 아닙니다."

"영어를 잘 하는군요? 어디서 오셨나요?"

"영국에서 왔습니다."

"밖으로 나가는 길을 알려주세요."

이 스님의 길 안내로 그곳을 빠져나와 다시 옥불전 쪽으로 올라간다.

24. 오만과 시건방은 참화를 초래한다.

2018년 5월 5일(토)

벌써 4시가 넘었다.

절 구경에 시간가는 줄 모른다.

돌아가는 버스 시간을 챙겨놓지 않은 탓에 서둘러 기념관 버스 타는 곳으로 내려온다.

다시 버스를 기다린다.

버스를 타고, 40분, 다시 쭈오잉 역(左營驛)에서 전철을 타고 시지완 (西子灣 서자만)으로 간다.

내리기 전에 이지카드를 챙긴다.

포모사 역

24. 오만과 시건방은 참화를 초래한다.

포모사 역 바깥

그런데, 어? 이지카드가 없다!

포모사 역(美麗島驛)에서 갈아타는 도중에 서두르다가 이지카드를 떨어트린 모양이다.

약 900元(우리 돈 36,000원 정도) 정도 남은 돈이 아깝긴 하지만 그보다도 이게 있어야 전철역에서 나갈 텐데……

전철 출구에서 서자만 역원에게 이지카드를 오는 도중에 잃어버렸다고 이실직고하고 처분만 기다린다.

전철표가 없으니 벌금을 내라면 내야지, 속으로 다짐하면서……

그러자 직원이 저쪽 청원경찰에게 가라고 하며 뭐라 뭐라 하는데 알아들을 수가 없다. 중국말이니까.

청원경찰이 전철 출구의 문을 열어준다. 벌금 내라는 말은 없는 걸

보니 안심이다.

그래서 나오긴 했는데, 시간은 벌써 7시를 향해 달음질하고 있다. 어찌해야 하나?

바닷가 쪽으로 뛴다.

그러나 구름이 가득 끼어 있어 해넘이를 보기는 틀린 것 같다. 더욱이 시간도 이미 7시가 넘었고.

단념하고 세븐-일레븐으로 간다.

다시 이지카드를 사야 하기 때문이다.

그래야 전철을 타고 육합야시장으로 갈 수 있기 때문이다.

이지카드는 이지하게 쓸 수 있으나, 돈을 많이 넣어놓으면 잃어버리는 경우, 속이 쓰리다. 그러니 이번에는 400元어치만 넣는다.

또 잃어버릴 것을 대비하여!

여러분들도 이지카드 구입 시 3~400元 정도만 넣으시길 바란다. 조금 귀찮긴 하지만 그때그때 조금씩 넣으면 된다. 남는 돈은 나중에 돌려주지도 않는다니까.

새 카드로 다시 전철을 타고 포모사 역으로 간다.

가는 도중에 반성을 많이 한다.

"오늘 부처님들께 제가 오만하게 굴었지요? 반성합니다."

사실 부처님 앞에서 보시도 안 하고 '나도 부처라네 하면서 건방을 떨었으니 이지카드를 잃어버린 것 아닌가?'라는 생각이 들어서다.

그래서 반성한다.

오만과 시건방은 참화를 초래한다는 것을 뼈저리게 느끼면서!

반성한 결과는 곧 나타난다.

24. 오만과 시건방은 참화를 초래한다.

전차에서 나와 에스컬레이터에서 내리는 데, 100元이 떨어져 있는 것 아닌가!

임자를 찾아줄 수도 없어 주머니에 넣는다.

그리고 깨닫는다. 이것이 반성의 결과임을!

900元을 잃었지만, 100元을 부처님이 돌려주신 것이라 믿는다.

역시 부처님은 대자대비하신 분이다. 반성하자마자 돈을 돌려주시다니.

어찌되었든 잃어버린 800元은 '함부로 건방떨지 마라'는 교훈을 얻은 값이라 생각하고 라우허(六合 육합) 야시장으로 간다.

야시장 입구 돼지족을 굽는 곳에서 족발을 사서 몇 조각 먹는다. 아주 맛이 있다.

육합야시장

가오슝 / 불타기념관 / 월세계

육합야시장

    야시장 구경을 하다가 해산물 부침개를 파는 곳에서 부침개를 시켜 놓고 돼지족 남은 것을 놓고 맥주와 함께 먹는다.

    우리나라 동래 파전보다 맛이 있다. 찹쌀과 달걀에 채소와 새우, 오징어, 굴을 넣어 만든 것이 아주 맛이 좋다.

    옆 테이블을 흘깃 보니 볶음밥을 시킨다.

    볶음밥도 참 맛있어 보인다.

    우리도 볶음밥을 시킨다. 그리고 조개탕도 시킨다. 조개는 소합(小蛤)이다. 그렇지만 고급이다.

    정말 잘 먹는다.

    오늘은 땀도 많이 흘렸고, 반성도 많이 하고, 몸도 많이 피곤하지만, 남는 건 오랜만에 잘 놀고 잘 먹었다는 것이다.

24. 오만과 시건방은 참화를 초래한다.

25. 움직여야 사는 것

깨어보니 8시가 넘었다. 무척 피곤했었나 보다.

호텔 아침은 뷔페인데 너무 맛있다. 지금까지 머문 호텔 중에 최고이다.

카운터에 하루 더 머물기로 했다고 얘기하고 위에스지에(월세계 月世界) 가는 길을 다시 확인한다.

월세계는 까오슝에서 동북쪽으로 35km쯤 떨어진 곳인데, 남강산 역에서 버스로 50분 정도 걸린다.

달의 표면인 듯한 황량한 풍경이어서 월세계라 부르는데, 여러 개의

월세계

월세계

화산재로 된 뾰족뾰족한 산들과 타원형의 작은 호수로 된 곳이다.

이 산들은 30%의 염분을 가지고 있어 초목이 자랄 수 없어 회색빛의 황량함만이 존재한다고 하는데, 전혀 그렇지 않다.

사실 주변에는 초목들이 잘 자라고 있다.

인터넷에는 이곳의 형광성 물질 때문에 밤에는 지면이 반짝반짝 빛나 마치 달 표면에 서 있는 착각에 빠지게 한다지만, 남강산 역으로 돌아가는 막차가 7시이니 어차피 이를 확인하기는 글렀고 일찍 시내로 나가 저녁을 먹고 호텔로 들어가는 게 오늘 계획이다.

월세계 근처에는 수온이 18-21도 정도 되는 따강샨 온천(大岡山溫泉대강산온천)이 있으니, 밤에 이를 보려면 이 근처에 머무르는 것도 한 방편이라 생각한다.

25. 움직여야 사는 것

　11시에 나와 레드라인 전철을 타고 난강산(南岡山驛　남강산역)으로 향한다.

　12시 조금 넘어 도착한다.

　버스 정류장에서 시간표를 확인하니 1시에 홍70 버스가 월세계로 간다.

　남강산 역에서 포도 주스(25元)와 생선튀김 도시락(70元), 닭다리 튀김 도시락(75元)을 사서 들고 버스를 탄다.

　날씨는 무지무지하게 덥다!

　이 더운데 움직이려니 고생은 된다만, '움직여야 사는 것'이라는 고매한 진리를 벌써부터 깨달았기에, 이 순간을 즐기려는 마음을 가지려고 노력한다.

월세계

가오슝 / 불타기념관 / 월세계

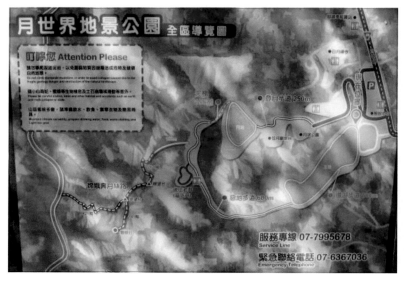

월세계 표지판

미음 먹기 달린 것이다.

살아있음을, 움직일 수 있음을, 땀 흘릴 수 있음을 감사히 생각할 뿐이다.

나도 이제 도사 다 되었다.

여행은 도사를 만든다.

홍70은 조그만 셔틀 버스이다.

50분 정도 가니 마을을 지나 기묘한 흙산들이 보이기 시작한다. 조금 가더니 기사가 월세계라며 내리란다.

시간은 2시 좀 못 되었다.

언덕으로 오르기 전 오른쪽으로 일월선사(日月禪寺)라는 절이 있다.

일월선사란 이름을 붙인 이유는 여기 월세계에는 초승달 보양의 호수와 둥근 해 모양의 호수가 두 개 있기 때문이다.

왼쪽으로 초승달 형태의 기다란 못 길을 따라 걸어가며 좌우의 산들을 감상한다.

오른쪽 길과 왼쪽 길이 만나는 지점에서 점심을 먹는다. 남강산 역에서 사온 걸로 점심을 때운다.

중간 지점에서 저쪽으로 난 길에는 오르는 계단이 가파르다.

올라가 보니 전망이 좋다.

역시 땀 흘린 보람이 있다.

풍경을 찍고 되돌아 나온다.

다시 오른 쪽 길의 계단을 오른다.

계단 정상에는 둥그런 못이 있지만, 못은 바짝 말라 있다.

월세계

밑으로 내려 와 아이스케키와 찬물로 덥혀진 몸을 식힌다.

시간을 보니 4시 10분 전이다. 보통 한 시간 간격으로 버스가 있으니 주차장으로 가야 한다.

주차장에서 홍70 버스의 시간을 보니 6시 10분에 있다. 여섯시까지 어찌 기다리나!

다른 버스가 없나 알아보니 8012번 버스가 남강산역으로 간다고 되어 있고, 차 시간은 4시 29분이다.

8012번 차를 타며 시계를 보니 4시 26분이다.

기다리기 잘 했다.

4시 27분쯤 왔으면 못 탈 뻔했다.

시골 차 시간은 앞뒤로 10분쯤은 탄력적이니 이를 감안하여야 실수

서자만 해넘이

25. 움직여야 사는 것

서자만 해넘이

가 없다.

남강산역엔 5시 10분쯤 도착한다.

MRT를 타고 서자만으로 간다.

오늘은 일몰을 찍을 수 있을 거 같아서다.

6시에 서자만 역에서 나와 택시를 타고 영국대사관 쪽으로 가자고
한다.

일몰 시진을 찍는다고 하니 알겠다며 바닷가 쪽으로 데려다 준다.
그리곤 산 위를 가리킨다.

산위로 올라가지 않아도 해지는 건 찍을 수 있는디…….

다리도 아프고 시간도 다 되어 해가 넘어가는데, 누가 저길 올라가
누?

가오슝 / 불타기념관 / 월세계

서자만 해넘이

허긴 저 위에는 절도 있고, 영국대사관이 있으니 저길 가리킨 것일
게다.

해는 구름 속에 숨어 있지만, 주변은 벌써 붉게 물들고 있다.

좋은 일몰 사진을 찍었다.

옆으로 난 길을 따라가 보니 국립중산대학이다.

다시 서자만 전철역으로 나와 포모사 역에서 내려 어제 갔던 육합야
시장으로 간다.

돼지족 훈제한 거 큰 거(150元: 약 6,000원)를 사 들고 어제 가서
먹은 포장마차에서 해물볶음밥(70元), 해물전(70元), 조개탕(50元)을 시
킨다.

주인아줌마가 알아보고 반가워한다. 어제 한 번 온 걸 오늘 또 왔으

25. 움직여야 사는 것

니 이제 단골이 된 건가?

정말 둘이 잘 먹는다.

이렇게만 먹으면 먹을 만하다.

〈2권으로 이어짐〉

책 소개

* 여기 소개하는 책들은 **주문형 도서(pod: publish on demand)**이
므로 시중 서점에는 없습니다. 교보문고나 부크크에 인터넷으로 주문하
시면 4-5일 걸려 배송됩니다.

http//pubple.kyobobook.co.kr/ 참조.

http://www.bookk.co.kr/store/newCart 참조.

<u>여행기(칼라판)</u>

〈일본 여행기 1: 대마도, 규슈〉 별 거 없다데스! 부크크. 2020. 국판
  202쪽. 14,600원.

〈일본 여행기 2:고베 교토 나라 오사카〉 별 거 있다데스! 부크크. 2020.
  국판 180쪽. 13,700원.

〈타이완 일주기 1: 타이베이, 타이중, 아리산, 타이난, 가오슝〉 자연이 만
  든 보물 1. 부크크. 2020. 국판 208쪽. 14,900원.

〈타이완 일주기 2: 헝춘, 컨딩, 타이동, 화롄, 지룽,타이베이〉 자연이 만든
　　보물 2. 부크크. 2020. 국판 166쪽. 13,200원.

〈동남아시아 여행기: 태국 말레이시아〉 우좌! 우좌! 부크크. 2019. 국판
　　234쪽. 16,200원.

〈인도네시아 기행〉 신(神)들의 나라. 부크크. 2019. 국판 132쪽. 12,000
　　원.

〈중앙아시아 여행기 1: 카자흐스탄, 키르기스스탄〉 천산이 품은 그림 1.
　　부크크. 2020. 국판 182쪽. 13,800원.

〈중앙아시아 여행기 2: 카자흐스탄, 키르기스스탄〉 천산이 품은 그림 2.
　　부크크. 2020. 국판 180쪽. 13,700원.

〈조지아, 아르메니아 여행기 1〉 코카서스의 보물을 찾아 1. 부크크. 2020.
　　국판 184쪽. 13,900원.

〈조지아, 아르메니아 여행기 2〉 코카서스의 보물을 찾아 2. 부크크. 2020.
　　국판 182쪽. 13,800원.

〈조지아, 아르메니아 여행기 3〉 코카서스의 보물을 찾아 3. 부크크. 2020.
　　국판 192쪽. 14,200원.

188

〈마다가스카르 여행기〉 왜 거꾸로 서 있니? 부크크. 2019. 국판 276
쪽. 21,300원.

〈러시아 여행기 1부: 아시아〉 시베리아를 횡단하며. 부크크. 2019. 국판
296쪽. 24,300원.

〈러시아 여행기 2부: 모스크바 / 쌩 빼쩨르부르그〉 문화와 예술의 향기.
부크크. 2019. 국판 264쪽. 19,500원.

〈러시아 여행기 3부: 모스크바 / 모스크바 근교〉 동화 속의 아름다움을
꿈꾸며. 부크크. 2019. 국판 276쪽. 21.300원.

〈유럽 여행기: 동구 겨울 여행〉 집착이 삶의 무게라고. 부크크. 2019.
국판 300쪽. 24,900원.

〈북유럽 여행기: 스웨덴-노르웨이〉 세계에서 제일 아름다운 곳. 부크크.
2019. 국판 256쪽. 18,300원.

〈포르투갈 스페인 여행기〉 이제는 고생 끝. 하나님께서 짐을 벗겨주셨노
라! 부크크. 2020. 국판 200쪽. 14,500원.

〈미국 여행기 1: 샌프란시스코, 라센, 옐로우스톤, 그랜드 캐년, 데스 밸
리, 하와이〉 허! 참, 이상한 나라여! 부크크. 2020. 국판 328쪽. 2
7,700원.

〈미국 여행기 2: 캘리포니아, 네바다, 유타, 아리조나, 오레곤, 워싱턴〉 보면 볼수록 신기한 나라! 부크크. 2020. 국판 278쪽. 21,600원.

〈미국 여행기 3: 미국 동부, 남부. 중부, 캐나다 오타와 주〉 그리움을 찾아서. 부크크. 2020. 국판 288쪽. 23,100원.

〈멕시코 기행〉 마야를 찾아서. 부크크. 2020. 국판 298쪽. 24,600원.

〈페루 기행〉 잉카를 찾아서. 부크크. 2020. 국판 250쪽. 17,000원.

〈남미 여행기 1: 도미니카 콜롬비아 볼리비아 칠레〉 아름다운 여행. 부크크. 2020. 국판 262쪽. 19,200원.

〈남미 여행기 2: 아르헨티나 칠레 파타고니아〉 파타고니아와 이과수. 부크크. 국판 270쪽. 20.400원.

〈남미 여행기 3: 브라질 스페인 그리스〉 아름다운 여행. 부크크. 2020. 국판 262쪽. 17,700원.

여행기(흑백판)

〈중국 여행기 1: 북경, 장가계, 상해, 항주〉 크다고 기 죽어? 교보문고
퍼플. 2017. 국판 211쪽. 9,000원.

〈중국 여행기 2: 계림, 서안, 화산, 황산, 항주〉 신선이 살던 곳. 교보문
고 퍼플. 2017. 국판 304쪽. 11,800원.

〈베트남 여행기〉 천하의 절경이로구나! 교보문고 퍼플. 2019. 국판
210쪽. 8,600원.

〈태국 여행기: 푸켓, 치앙마이, 치앙라이〉 깨달음은 상투의 길이에 비례
한다. 교보문고 퍼플. 2018. 국판 202쪽. 10,000원.

〈동남아 여행기 1: 미얀마〉 벗으라면 벗겠어요. 교보문고 퍼플. 2018.
국판 302쪽. 11,800원.

〈동남아 여행기 2: 태국〉 이러다 성불하겠다. 교보문고 퍼플. 2018. 국
판 212쪽. 9,000원.

〈동남아 여행기 3: 라오스, 싱가포르, 조호바루〉 도가니와 족발. 교보문
고 퍼플. 2018. 국판 244쪽. 11,300원.

〈터키 여행기 1〉허망을 일깨우고. 교보문고 퍼플. 2017. 국판 235쪽.
9,700원.

〈터키 여행기 2〉잊혀버린 세월을 찾아서. 교보문고 퍼플. 2017. 국판
254쪽. 10,200원.

〈시리아 요르단 이집트 기행〉사막을 경험하면 낙타 코가 된다. 부크크.
2019. 국판 268쪽. 14,600원.

〈유럽여행기 1: 서부 유럽 편〉몇 개국 도셨어요? 교보문고 퍼플. 2017.
국판 217쪽. 10,400원.

〈유럽여행기 2: 북유럽 편〉지나가는 것은 무엇이든 추억이 되는 거야.
교보문고 퍼플. 2017. 국판 213쪽. 9,100원.

여행기(전자출판.)

〈일본 여행기 1: 대마도, 규슈〉별 거 없다데스! 부크크. 2019. 전자출
판. 2,000원.

〈일본 여행기 2: 오사카 교토, 나라〉별 거 있다데스! 부크크. 2019. 전
자출판. 2,000원.

〈중국 여행기 1: 북경, 장가계, 상해, 항주〉 크다고 기 죽어? 부크크. 2019. 전자출판. 2,000원.

〈중국 여행기 2: 계림, 서안, 화산, 황산, 항주〉 신선이 살던 곳. 부크크. 2019. 전자출판. 2,000원.

〈타이완 일주기 1〉 자연이 만든 보물 1. 부크크. 2019. 전자출판. 2,000원.

〈타이완 일주기 2〉 자연이 만든 보물 2. 부크크. 2019. 전자출판. 1,500원.

〈동남아 여행기 1: 미얀마〉 벗으라면 벗겠어요. 부크크. 2019. 전자출판. 2,000원.

〈동남아 여행기 2: 태국〉 이러다 성불하겠다. 부크크. 2019. 전자출판. 2,000원.

〈동남아 여행기 3: 라오스, 싱가포르, 조호바루〉 도가니와 족발. 부크크. 2019. 전자출판. 2,000원.

〈동남아 여행기 1: 수코타이, 파타야, 코타키나발루〉 우좌! 우좌! 부크크. 2019. 전자출판. 2,000원.

〈태국 여행기: 푸켓, 치앙마이, 치앙라이〉 깨달음은 상투의 길이에 비례
한다. 부크크. 2019. 전자출판. 2,000원.

〈인도네시아 기행〉 신(神)들의 나라. 부크크. 2019. 전자출판. 2,000원.

〈중앙아시아 여행기 1: 카자흐스탄, 키르기스스탄〉 천산이 품은 그림 1.
부크크. 2019. 전자출판. 2,000원.

〈중앙아시아 여행기 2: 카자흐스탄, 키르기스스탄〉 천산이 품은 그림 2.
부크크. 2019. 전자출판. 2,000원.

〈조지아, 아르메니아 여행기 1〉 코카사스의 보물을 찾아 1. 부크크. 2019.
전자출판. 2,000원.

〈조지아, 아르메니아 여행기 2〉 코카사스의 보물을 찾아 2. 부크크. 2019.
전자출판. 2,000원.

〈조지아, 아르메니아 여행기 3〉 코카사스의 보물을 찾아 3. 부크크. 2019.
전자출판. 2,000원.

〈러시아 여행기 1부: 아시아 편〉 시베리아를 횡단하며. 부크크. 2019.
전자출판. 2,500원.

〈러시아 여행기 2부: 모스크바 / 쌩 빼쩨르부르그〉 문화와 예술의 향기. 부크크. 2019. 전자출판. 2,500원.

〈러시아 여행기 3부: 모스크바 / 모스크바 근교〉 동화 속의 아름다움을 꿈꾸며. 부크크. 2019. 전자출판. 2,500원.

〈북유럽 여행기: 스웨덴-노르웨이〉 세계에서 제일 아름다운 곳. 부크크. 2019. 전자출판. 2,500원.

〈유럽 여행기: 동구 겨울 여행〉 집착이 삶의 무게라고. 부크크. 2019. 전자출판. 3,000원.

〈터키 여행기 1〉 허망을 일깨우고. 부크크. 2019. 전자출판. 2,500원.

〈터키 여행기 2〉 잊혀버린 세월을 찾아서. 부크크. 2019. 전자출판. 2,500원.

〈시리아 요르단 이집트 기행〉 사막을 경험하면 낙타 코가 된다. 부크크. 2019. 전자출판. 2,500원.

〈마다가스카르 여행기〉 왜 거꾸로 서 있니? 부크크. 2019. 전자출판. 2,500원.

〈미국 여행기 1: 샌프란시스코, 라센, 옐로우스톤, 그랜드 캐년, 데스 밸리, 하와이〉 허! 참, 이상한 나라여! 부크크. 2020. 전자출판. 3,000원

〈미국 여행기 2: 캘리포니아, 네바다, 유타, 아리조나, 오레곤, 워싱턴〉 보면 볼수록 신기한 나라! 부크크. 2020. 전자출판. 2,500원.

〈미국 여행기 3: 미국 동부, 남부. 중부, 캐나다 오타와 주〉 그리움을 찾아서. 부크크. 2020. 전자출판. 2,500원.

〈멕시코 기행〉 마야를 찾아서. 부크크. 2020. 전자출판. 3,000원.

〈페루 기행〉 잉카를 찾아서. 부크크. 2020. 전자출판. 2,500원.

〈남미 여행기 1: 도미니카 콜롬비아 볼리비아 칠레〉 아름다운 여행. 부크크. 2020. 2,000원.

〈남미 여행기 2: 아르헨티나 칠레 파타고니아〉 파타고니아와 이과수. 부크크. 2020. 2,000원.

〈남미 여행기 3: 브라질 스페인 그리스〉 아름다운 여행. 부크크. 2020. 2,000원.

우리말 관련 사전 및 에세이

〈우리 뿌리말 사전: 말과 뜻의 가지치기〉. 재개정판. 교보문고 퍼플.
　　2020. 국배판 916쪽. 61,300원.

〈우리말의 뿌리를 찾아서 1〉 코리아는 호랑이의 나라. 교보문고 퍼
　　플. 2016. 국판 240쪽. 11,400원.

〈우리말의 뿌리를 찾아서 1〉 코리아는 호랑이의 나라. e퍼플. 2019.
　　전자출판. 247쪽. 4,000원.

〈우리말의 뿌리를 찾아서 2〉 아내는 해와 같이 높은 사람. 교보문고 퍼
　　플. 2016. 국판 234쪽. 11,100원.

〈우리말의 뿌리를 찾아서 3〉 안데스에도 가락국이······. 교보문고 퍼
　　플. 2017. 국판 239쪽. 11,400원.

수필: 삶의 지혜 시리즈

〈삶의 지혜 1〉 근원(根源): 앎과 삶을 위한 에세이. 교보문고 퍼플. 2017.
국판 249쪽. 10,100원.

〈삶의 지혜 2〉 아름다운 세상, 추한 세상 어느 세상에 살고 싶은가요?
교보문고 퍼플. 2017. 국판 251쪽. 10,100원.

〈삶의 지혜 3〉 정치와 정책. 교보문고. 퍼플. 2018. 국판 296쪽.
11,500원.

〈삶의 지혜 4〉 미국의 문화, 교보문고 퍼플. 근간.

기타

4차 산업사회와 정부의 역할. 부크크. 2020. 국판 84쪽. 8,200원, 전자책
2,000원.

지은이 소개

- 송근원

- 대전 출생

- 여행을 좋아하며 우리말과 우리 민속에 남다른 애정을 가지고 있음.

- e-mail: gwsong51@gmail.com

- 저서: 세계 각국의 여행기와 수필 및 전문서적이 있음